PAPIER FRESSERCHEN
MTM-VERLAG
DIE BÜCHER MIT DEM DRACHEN

Impressum:

Besuchen Sie uns im Internet:
www.papierfresserchen.de

© 2020 – Papierfresserchens MTM-Verlag
Mühlstraße 10 – 88085 Langenargen
info@papierfresserchen.de
Alle Rechte vorbehalten.
Erstauflage 2020
Das Werk einschließlich aller seiner Teile ist urheberrechtlich geschützt.

Herstellung + Lektorat: CAT creativ - www.cat-creativ.at

Coverbild © Walburga Wedig
Druck: Gedruckt in der EU

ISBN: 978-3-96074-312-5 - Taschenbuch
ISBN: 978-3-96074-337-8 - E-Book

Martina Meier (Hrsg.)

Schwein gehabt

Geschichten vom Glück für kleine und große Leute

Inhalt

Vom kleinen und vom großen Glück · 7

War das Glück? · 11

In der Kathedrale · 12

Ein himmlisches Happy-End · 16

Klick! · 18

Der Igel Igor · 19

Der Teddybär · 21

Das Märchen vom Ferkel und der Maus · 23

Glas · 27

Maggi und Marlena · 28

Die Reise ins ewige Glück · 32

Jan kommt neu in die Schule · 33

Vor Leichtigkeit springen · 36

Das Ungeheuer im Wald · 38

Glückliche Kindheit · 42

Sechs Richtige · 43

Käferchen, flieg! · 47

Schwein gehabt · 51

Das Märchen vom schwarzen Schaf · 55

Die Suche des Glücks · 59

Das Schnüffelschwein · 63

Echt Schwein gehabt   67

Gerds Alter   71

Unglückstag und etwas Positives   77

Spaghetti mit Sauce   82

Unverhofftes Glück   83

Eberhardt   86

Barfuß durch den Regen   90

Turmfalke Fridolin hat keine Angst vorm Fliegen   91

Unverschämt schön   94

Die Autor*innen   96

Vom kleinen und vom großen Glück

Ein ohrenbetäubend großer Knall erschütterte die Welt, so laut, dass die Menschen das Luftholen vergaßen. Und jeder befürchtete, seine letzte Stunde hätte geschlagen. „Ist das jetzt der Weltuntergang?", hörte man die Menschen tuscheln, den Schock in allen Gliedern und mit tiefen Sorgenfalten auf der Stirn. Denn etwas Unglaubliches war geschehen: Die Welt stand plötzlich still! Nichts rührte sich mehr. Und das kam so:

Schon seit geraumer Zeit war die Welt in ein großes Ungleichgewicht geraten. Anfangs war es für die Bewohner des Erdballs noch gar nicht zu spüren. Nur der weise Beobachter aus dem All war durch seine besondere Perspektive imstande, zu bemerken, dass sich alles, was sich auf der Erde befand, ganz leicht um eine winzige Nuance in eine Richtung bog, als wollte es seine Form verlassen. Noch hatte es keine Auswirkungen. Doch jedermann wusste, dass ein Ungleichgewicht, und sei es noch so geringfügig, Schlimmes nach sich ziehen konnte.

Wer sich mit der Menschheit beschäftigte, hatte längst erkannt, dass der Größenwahnsinn von Tag zu Tag mehr Verbreitung fand. Die Menschen waren ständig auf der Suche nach dem großen Glück, der großen Liebe, dem großen Abenteuer und dem großen Geld. Nur das Großartige war erstrebenswert. Und wenn sie es mit viel Anstrengung erreicht hatten, verlor es schon in der nächsten Sekunde seinen Wert. Es sickerte blitzschnell durch sie hindurch und fand keine Erde, in der es Wurzeln schlagen konnte.

Es gab nur noch Großstädte auf der großen weiten Welt. Man lebte in großen Häusern, fuhr große Autos, aß mit großen Löffeln von großen Tellern, trug großmaschige Pullover und viel zu große Hosen. Man starrte in große Fernseher, lebte großspurig auf großem Fuß, wollte sich um jeden Preis großmäulig über seine Mitmenschen erheben und unternahm eine große Reise nach der anderen. Jeder hatte Großes mit seinem Leben vor. Nur seine Kinder wollte niemand mehr selbst großziehen.

Unter dieser misslichen Lage hatte das kleine Glück wohl am meisten zu leiden. Die hagere, zerrupfte Erscheinung, die längst ihr kraftvolles Grün verloren hatte, hockte zusammengekauert in der hintersten Ecke ihres Unterschlupfes in Glückesgenug. Der Pilgerstätte für Glücksuchende auf dem höchsten Gipfel der größten Gebirgskette der Welt.

Mit schütterem Haar und welker Haut war es mächtig ins Grübeln geraten. Gepeinigt von existenziellen Sorgen, die von Tag zu Tag größer und unerträglicher wurden.

„Niemand beachtet mich", klagte das kleine Glück. Sein Schluchzen war bis ins Weltall zu hören. Die permanente Missachtung ließ es schon seit einiger Zeit mehr und mehr schrumpfen, sodass es nun in der Gefahr schwebte, sich ganz und gar aufzulösen.

Die Lage war bitterernst. Denn aus wissenschaftlichen Berechnungen wusste man, dass die komplette Zerstörung des kleinen Glückes zum Untergang der Menschheit führen würde. Auch wenn es – dem Himmel sei Dank – noch nie so weit gekommen war.

Somit stand fest: Das kleine Glück musste auf irgendeine Weise sich selbst und damit die Welt retten. Nur wie?

„Vielleicht könnte ich das große Glück um Hilfe bitten!", überlegte das kleine Glück. Bisher hatte es ein Zusammentreffen, wenn es sich nur irgendwie einrichten ließ, vermieden. Schließlich war es sein größter Konkurrent. Doch es ging um Leben und Tod. Deshalb sprang es über seinen Schatten und machte sich mit letzter Kraft auf den Weg zum großen Glück.

Schon von ferne konnte es die Menschenmassen riechen, die sich vor der Behausung des großen Glückes versammelt hatten. Nicht ohne Neid gestand es sich ein, dass es seines Wissens niemanden sonst gab, dem ein derartiges Begehren entgegengebracht wurde. Stechend roch es nach Gier und Angst, nach Oberflächlichkeit und Traurigkeit.

Das große Glück war eine stattliche Person mit vollem krausem Haar und einem Bart bis zu den Knien. Sein kräftiges Grün leuchtete bis ans Ende der Welt und seine Haut war beneidenswert glatt. Es strotzte vor Gesundheit und guter Laune. Doch sosehr es nach außen hin strahlte, sein Inneres war dunkel und leer. Die Menschen hatten es in einen goldenen Käfig gesperrt, da sie es für immer festhalten wollten. Sie fütterten es mit Köstlichkeiten, um es bei Laune zu halten, hegten und pflegten es. Jedermann wollte es um jeden Preis besitzen und nie wieder verlieren.

Für einen kurzen Moment konnte das kleine Glück in seine tieftraurigen grünen Augen sehen. „Tauschen möchte ich nicht mit ihm", dachte es fast ein wenig mitleidig. Denn es bekam eine Ahnung von der großen Einsamkeit, die in seinem Herzen wohnte.

Das große Glück litt wie ein Hund darunter, dass die Menschen nie genug von ihm bekamen, es ausnutzten und aussaugten.

„Wie lange soll es derartig hohen Erwartungen noch standhalten?", sprach das kleine Glück nachdenklich zu sich selbst, nichts Gutes ahnend.

Umso wichtiger wurde es, blitzschnell zu handeln. So stellte sich die Frage, was es anstellen müsste, um die riesige Menschenmenge von dem großen Glück im goldenen Käfig wegzulocken, damit sie auf ihn, das kleine Glück, aufmerksam wurde.

„Vielleicht sollte ich die Luft aus ihren Luftmatratzen lassen!", grübelte es. „Oder ihre großen Autos mit Wüstensand betanken." Es überlegte angestrengt hin und her, machte Faxen, einen Kopfstand, sang aus voller Kehle schräge Melodien, warf mit Kokosnüssen, tobte und polterte. Und als es fast schon ein wenig verärgert und mit meisterlich großem Kraftaufwand begann, die Wolkenkratzer vor die Sonne zu schieben, um sie alle in den Schatten zu stellen, da geschah es: Das große Glück hielt sein unerträglich großes Leid nicht mehr aus und platzte.

Und damit wären wir wieder am Anfang der Geschichte. Denn genau dieser unvorstellbar große Knall war es, der die Welt zum Stillstand brachte.

Das kleine Glück war bestürzt und machte vor Schreck einen Sprung in die Luft. Dass eine Katastrophe nahte, ahnte es ja seit Langem. Aber dass sie ein solches Ausmaß annehmen würde, übertraf seine schlimmsten Befürchtungen. Nachdem es eine

Weile scharf nachgedacht hatte, schoss ihm plötzlich eine Lösung in den Kopf.

Entschlossen rannte es los. „Die Glücksritter!", keuchte es. „Jetzt können nur noch die Glücksritter helfen." Sie lebten im Niemandsland am Fuße des Berges, abgeschottet vom Rest der Welt, waren etwas verrückt und selbstverliebt. Man sagte ihnen übermenschliche Kräfte nach, was den Menschen ein wenig Unbehagen bereitete, und sie gaben sich nicht sonderlich gerne mit ihnen ab.

In dieser besonderen Not war es jedoch vertretbar, sie in ihrer überirdischen Idylle zu stören, fand das kleine Glück. Schließlich waren sie ebenfalls vom Stillstand der Welt betroffen. Auch wenn es ihnen noch gar nicht aufgefallen war, da sie ohne Unterlass mit sich selbst beschäftigt waren.

Die Glücksritter sattelten ihre stolzen Pferde und machten sich sofort auf den Weg zur mittigsten Mitte der Erde. Nur sie wussten, dass sich dort in der Tiefe ein goldener Hebel befand. Mit sehr viel Kraft, über die sie ja verfügten, konnte man ihn betätigen, und im Nu fing die Welt wieder an, sich zu drehen.

Alle Erdbewohner atmeten erleichtert auf und waren zutiefst dankbar. Das Unheil war abgewendet, und das Leben konnte wieder von vorne beginnen. Die Glücksritter kehrten heim ins Niemandsland mit einem sonderbar verschmitzten Lächeln im Gesicht. Und nur das kleine Glück bemerkte die kleine, aber weittragende Veränderung. Fast kam es ihm vor, als würde sich die Welt ein kleines bisschen langsamer drehen als zuvor. Denn die Menschen, die sich in Zeitlupe bewegten, hatten plötzlich viel mehr Zeit, das kleine Glück zu beachten. Das war ganz wunderbar! Es konnte wachsen und gedeihen. Und da die Menschen dem kleinen Glück von nun an nahezu täglich begegneten, kamen sie auch mal eine Weile ohne es aus. Und das war gut, denn in dieser Zeit machte es Urlaub bei den Glücksrittern, um einmal so richtig durchzuschnaufen.

__Claudia Lüer,__ 1970 im niedersächsischen Braunschweig geboren, brachte als Förderschullehrerin schon vielen Kindern das Lesen und Schreiben bei. Sie liebt schöne Musik, das Meer, Sommerabende und den Duft nach frisch Gebackenem.

War das Glück?

Lieschen Müller ist ziemlich empört,
Anna hat sie während der Mittagsruhe gestört,
dass ihren Hardy starke Schmerzen quälen
und dass das Auto dahin ist, will sie erzählen.

„Wir waren ja auf dem Weg nach Tirol,
nach hundert Kilometern ein Stau – ganz toll",
berichtet sie, „Hardy hat geschimpft und geflucht
und die Weiterfahrt auf der Landstraße versucht.

Aber so richtig vorwärts sind wir nicht gekommen,
dann hat uns jemand die Vorfahrt genommen,
Hardy trat voller Wut voll auf das Gaspedal,
überholte den Kerl und landete im Hühnerstall.

Das Auto kaputt, Hardys Bein war gebrochen,
und alles hat nach Hühnerscheiße gerochen,
die Rückfahrt erfolgte im Krankenwagen,
trotzdem – wir hatten Glück – muss ich sagen."

Lieschen lehnt sich sinnierend im Sessel zurück.
Leichtsinn und Beinbruch ist das Glück
und geht dem Glück ein Unglück voraus?
Diese Gedanken sind für Lieschen ein Graus.

Margret Küllmar, geb. 20.06.1950, aufgewachsen auf einem Bauernhof in Nordhessen, nach der Schule Ausbildung in der Hauswirtschaft, dann Lehrerin an einer Berufsschule, jetzt im Ruhestand, schreibt Kurzgeschichten und Gedichte. Veröffentlichungen in zahlreichen Anthologien und von drei eigenen Lyrikbänden.

In der Kathedrale

Der weiß-braun gefleckte Hund schläft. Gleichmäßig hebt und senkt sich sein Brustkorb. Im Schatten auf den Pflastersteinen liegt der entspannte Vierbeiner neben der in Blau eingefassten Tür des Souvenir-Geschäfts, das Korbwaren aller Art anbietet. Er bemerkt nicht die Katze, die die Gasse entlang schleicht, zu einem Sprung ansetzt, um durch ein offenes Fenster in ein Haus zu verschwinden. Der Hund hat es gut, er macht es goldrichtig und verschläft die heiße Zeit des Tages. Verlockend gemütlich sieht es aus, wie er dort hinter dem bunten Sammelsurium an Körben, Taschen, Teppichklopfern und Kinderstühlen friedlich schlummert.

Ich wünschte, ich könnte es ihm gleichtun. Irgendwo im Schatten verweilen, ein kaltes Getränk in Reichweite, Löcher in den blauen Himmel starren oder sogar ein Nickerchen machen … Und was tue ich stattdessen? Ich absolviere einen Sightseeing-Marathon. Seit acht Stunden bin ich wach, seit sechs Stunden auf den Beinen. „Es ist Urlaub“, rufe ich mir wiederholt ins Gedächtnis, trotzdem habe ich ein durchorganisiertes Programm wie im Arbeitsalltag. Nein, straffer strukturiert ist es. Natürlich sehe ich unglaublich viel in kurzer Zeit. Bei der Wärme fällt es mir allerdings schwer, die zahllosen Eindrücke aufzunehmen. Eine Sehenswürdigkeit jagt die nächste, eine Aneinanderreihung von kulturellen Highlights ist es – und gleichzeitig prasselt ein Stakkato an Informationen auf mich ein.

Warum nicht einen Moment länger verharren, schauen, sich am Anblick erfreuen? Versuchen, eine lateinische Inschrift zu entziffern? Oder einen schönen Innenhof, der in keinem Reiseführer als sehenswert erwähnt wird, bestaunen, weil er in meinen Augen paradiesisch ist und in ihm ein Orangenbaum blüht, der einen herrlichen Duft verströmt und Bienen im blassblau blühenden Rosmarin summen?

Innehalten … Verlockend erscheint es mir gerade in diesem Moment.

Die Entspannung kommt auf dieser Reise entschieden zu kurz, finde ich, auch wenn es jeden Abend Zeit zur freien Verfügung gibt. Aber dann sind wir in einem Hotel. Lieber hätte ich Freizeit an den Sehenswürdigkeiten, würde dort zu gerne ein wenig länger bleiben. Oder wie wäre es mit einer kleinen Siesta, wie es dieser Hund macht?

Genug geträumt, diese Zeit habe ich nicht. Wo ist der pinke Regenschirm, das Erkennungsmerkmal unserer Reiseleitung, der immer wie ein gigantischer Pilz aus der Menge ragt? Bestimmt fünfzig Meter weiter entdecke ich ihn in der Gasse, die seicht den Berg hinaufführt. Also nichts wie hinterher, jetzt muss ich rennen. Nie wieder eine Gruppenreise, schwöre ich mir nicht zum ersten Mal in letzter Zeit. Schnell ein Foto von dem Hund, dessen idyllisches Bild sich in mein Gedächtnis brennt … Und auf zur letzten großen Sehenswürdigkeit des Tages, der Kathedrale. Geplante Besichtigungsdauer: eineinhalb Stunden.

„Vielleicht kann ich mich absetzen", geht mir durch den Kopf, als ich durch die Gasse haste. Ich möchte nicht die Kirche, den Kreuzgang, das Museum darin und die Sakristei besichtigen, um mich dann im Anschluss die vielen Stufen hoch in den Glockenturm zu schleppen.

Im Schatten der mächtigen Platanen, die vor dem Gotteshaus wachsen, japse ich nach Luft und zücke mein Taschentuch, um mir die Schweißperlen von der Stirn zu tupfen. Die Fakten zur Geschichte dieser Kirche, die die Dame unter dem pinken Schirm herunterbetet, schwirren wie die Schwalben am Himmelsblau durch die Luft und ich mache mir nicht die Mühe, aufmerksam zuzuhören. Mein Blick schweift ziellos umher und bleibt letztendlich wieder an der Kathedrale hängen. Ich sehe die beiden ungleichen Türme der Kirche, beeindruckende Wasserspeier, das hübsche Portal, flankiert von den steinernen Figuren der Apostel. Imposant ist sie, die Kathedrale. Ohne Zweifel.

Wir verlassen den Schatten, queren den Vorhof, der im gleißenden mittäglichen Sonnenschein schläft. Die Mittagshitze ist dazu geeignet, den letzten Funken an Elan wegzubrennen. Kein Einheimischer ist jetzt freiwillig unterwegs, und wenn es sich nicht vermeiden lässt, dann höchstens in einem gemächlichen Spazierschritt, keineswegs forsch wie wir.

Wir betreten die heilige Stätte. Überwältigend ist die Größe, die sich hier drinnen erst wirklich offenbart. Nie zuvor bin ich in einer Kirche dieses Ausmaßes gewesen. Sanfte milde Wärme, angenehme Temperaturen herrschen, die grelle Helligkeit ist ausgesperrt, gedämpftes Licht umgibt uns.

Es ist still. Der mir mittlerweile von unzähligen Kirchenbesuchen vertraute Duft von Weihrauch schwebt in der Luft, gemischt mit Bohnerwachs und Möbelpolitur.

Wir setzen uns in eine der vielen leeren Holzbankreihen, weil wir diesen Bau auf uns wirken lassen sollen. Nanu, zieht unsere Reiseleiterin neue Saiten auf?

Dankbar lasse ich mich auf meinen Sitzplatz plumpsen. Herrlich – eine Pause. Das riesige Mittelschiff ist auffällig schmucklos, wohltuend schlicht. Mächtige Stützpfeiler streben zu dem hohen Gewölbe, als wären sie die direkte Verbindung zwischen Erde und Himmel.

„Vielleicht sollen sie genau das symbolisieren“, geht mir durch den Kopf. Der prachtvolle Hauptaltar erhebt sich am Ende eines roten Teppichs und des Mittelschiffes. Ein Strauß Wildblumen schmückt ihn. Dieses kunstvolle, von Menschenhand geschaffene Werk zusammen mit der farbenfrohen Pracht der Natur: ein starker Kontrast, der mich irgendwie rührt. Mein Blick zu unserer Reiseleiterin offenbart, auch sie ist erschöpft. Ihr Kopf ist nach vorne gesunken, sie gibt dem Müdigkeitsgefühl nach, das mich den Vormittag über in den Klammergriff genommen hat. Ein Schläfchen. Wie sehr ich ihr das gönne.

In Schwarz gekleidete Menschen knien vor dem Hauptaltar nieder, bekreuzigen sich, beten oder halten für einen Moment im Leben inne, indem sie sich ebenfalls auf den Bänken niederlassen. Andere Menschen entzünden Kerzen, stellen sie vor einem der Seitenaltäre ab, bevor sie Zwiesprache mit wem auch immer halten. Der ideale Ort, um zur Ruhe zu kommen und sich der Banalität des Alltages zu entziehen.

Höre ich entferntes Plätschern von Wasser? Vielleicht von einem Brunnen im Kreuzgang? Oder spielen mir meine Sinne einen Streich? Ein Gefühl der Ruhe, der tiefen Zufriedenheit kehrt in mir ein. Durchatmen. Schauen. Nichtstun. Entspannen. Wunderbar fühlt es sich an.

Es rumpelt, einmal, zweimal, etwas lauter, hallt durch die Kirche. Kurz darauf ertönt ein Fiepen, das sich als durchdringender Ton der Orgel entpuppt, der auch unsere Reiseleitung im Handumdrehen aus ihren Träumen weckt. Aber das ist nur ein Test.

Jetzt setzt die Orgel ein: großartig, klar und wunderschön. Mit ihrem vollen Ton füllt sie den letzten Winkel des Kirchenschiffes. Touristen, eben noch vertieft in ihre Reiseführer, schauen auf, lauschen. Ein Kirchendiener betrachtet ehrfürchtig die Orgel. Man kann nicht anders, als sich dem Genuss hinzugeben, die Herrlichkeit zu genießen.

Ergriffen bin ich, das merke ich. Der Moment ist von einer Feierlichkeit erfüllt wie Weihnachten. Wunderschön ist es. Und ein weiteres Gefühl keimt in mir auf.

Glück.

Zunächst ist es wie ein kleines Ziehen, als müsste meine Seele testen, ob sie es zulassen kann. Aber ja, natürlich kann sie es. Und jetzt ist das Glück eine Welle, die mich hochhebt. Die Orgel klingt, als spiele sie für die Ewigkeit. Und ich?

Ich fühle mich dem Himmel so nahe.

***Bettina Schneider:** 1968 in Berlin geboren, verheiratet, zwei Kinder und ein Hund, Studium der Betriebswirtschaftslehre, im Anschluss zehn abwechslungsreiche Jahre im Rechnungswesen in der Privatwirtschaft, heute Freiraum für kreative Tätigkeit. Sie schreibt mit Begeisterung Kurzgeschichten und Erzählungen, einige davon sind veröffentlicht. Hobbys: Lesen, Schreiben, Tagebuch schreiben, Spaziergänge mit dem Hund und Fotografieren.*

Ein himmlisches Happy-End

Adalbert, der dicke Eber,
War verliebt in eine Sau.
Grunzend fragte er, der Streber:
„Willst du werden meine Frau?"

Helene hieß das Schwein mit Namen.
Sie war entzückt und quiekte schrill:
„Ach, Bertl, hab' mit mir Erbarmen!"
Sie fiel in Ohnmacht – und es war still.

„Lenchen, komm' zurück zu mir!"
Da öffnete die Sau ein Auge:
„Vor deinen Klauen lieg' ich hier,
Pflücke mich als reife Traube!"

Das Hochzeitsglück nach vierzehn Tagen
Im Fieber-Chaos und Gewimmel
Lag beiden Schweinen schwer im Magen,
Doch stiegen sie hinauf gen Himmel!

Ballonfahrt zu den Sternen,
Romantik pur – mit Ohrendruck.
Weit von zu Hause sich entfernen:
Durch Sau und Eber ging ein Ruck!

Denn Amors Pfeil flog daneben,
Statt „Zielobjekte beide Schweine"
Zerplatzte jetzt der Traum vom Leben:
Die Wolken tanzten nun alleine.

So stürzte der Ballon nach unten
Auf ein Feld mit Zuckerrüben.
Das Licht verschwand und es war dunkel,
War dies der Weg nach „drüben"?

Ein leises Grunzen hier und da,
Dann ein Überlebens-Schmatzen!
Der Himmel strahlte, wurde klar,
Doch Bertl brach sich alle Haxen!

Zu Haus' gepflegt von Lenchen
Ging es bald besser Stück für Stück.
Mit Bouquet und einem Krönchen
Genossen sie ihr Schweineglück!

Udo Brückmann, geb. 1967, lebt als Dozent und Autor im ländlichen Niedersachsen. Zahlreiche Veröffentlichungen in den Bereichen Kinder- und Jugendliteratur, Lyrik und Belletristik. Für den Geest-Verlag Vechta entstanden u. a. die Kriminalsatiren „Ewig blüht das Leben" (2015) sowie „Mords-Hochschule – Bildung für alle" (2017). Seit 2019 Kindergedichte für den Kinderradiokanal „KiRaKa", Produktion: WDR Köln. In Papierfresserchens MTM-Verlag sind bisher drei Kurzgeschichten in verschiedenen Anthologien veröffentlicht. Weiterführende Informationen sind auf der Webseite udo-brueckmann.de zu finden.

Klick!

Liebe auf den ersten Blick?
Nein, auf den ersten Knopfdruck!
Monatelang gechattet, gechattet und gechattet …
Nett, lustig und lieb waren die meisten ja,
aber der heiß glühende Funken nicht durch die Leitung sprang.
Bis ich durch Zufall in einem anderen Portal landete
und plötzlich und unerwartet strandete!
Suchte ich dort doch aus ganz anderen Gründen Rat,
kam von Dir Fremdem die einfühlsame Schreib-Tat!
Dein Text mich sehr berührte,
ich mich sofort in Dich verliebte …
– „Enter(e)" das Glück!

Juliane Barth: geboren 1982, lebt im Südwesten Deutschlands. Schreibt als Hobby seit jeher sehr gerne, u. a. Lyrik, Kurzgeschichten und Sachtexte. Veröffentlichungen in diversen Anthologien: sacrydecs. hpage.com

Der Igel Igor

Der kleine Igel Igor sucht im Obstgarten nach Futter. Er will sich, für den Winterschlaf, einen dicken Bauch anfressen. Emsig sucht er nach allerlei Insekten im Boden. Mmh, die kleinen Würmer hier schmecken ihm besonders gut und auch eine Schnecke, die ihm in die Quere kommt, wird verputzt. Plumps, da fällt plötzlich ein Apfel mitten auf Igors Rücken.

„Aah, huch", schnaubt der Igel, das hätte ihn jetzt beinahe erdrückt. Als er sich wieder etwas sammeln kann, merkt er, dass der Apfel ziemlich schwer ist. Er versucht mit kräftigem Schütteln, die Last auf seinem Rücken abzuwerfen, doch der Ballast hat sich so sehr auf seine Stacheln gebohrt, dass es ihm nicht gelingt, ihn loszuwerden. Er überlegte, wer ihm helfen könnte, so stapft er schwerfällig in der Gegend umher.

Ein schöner Schmetterling fliegt an ihm vorbei. Igor ruft nach ihm, aber der Schmetterling kann ihm auch nicht helfen, er hat es sehr eilig und der Apfel ist für ihn viel zu schwer.

Eine Maus kommt gerade des Weges, der kleine Stachelige bittet sie um Hilfe. Die Maus versucht, an seinen Stacheln hochzuklettern, jedoch der Apfel ist auch ihr zu schwer, sie bekommt ihn einfach nicht runter. Igor wirkt inzwischen ganz erschöpft von dem vielen Herumlaufen mit seiner schweren Last auf dem Rücken.

Er liegt schon, alle viere von sich gestreckt, im Gras und muss erst einmal verschnaufen, als zu seinem Glück die Henne Henriette geradewegs auf ihn zukommt und ihn findet. Sie ist auch unterwegs, um nach Würmern und Käfern zu scharren. Die Henne ist nett und fragt den entkräfteten Findling, ob sie ihm helfen kann. Igor schildert ihr seine Lage. Froh, dass jemand ihn nicht im Stich lässt, nimmt er ihre Hilfe gerne an.

Für Henriette ist das kein Problem, sie pickt den Apfel einfach von Igors Rücken und lässt sich einen Teil davon schmecken. Auf das Angebot, auch ein Stück des Apfels zu naschen, muss der Igel leider dankend ablehnen, der bekommt ihm nicht, er würde davon nur Bauchschmerzen bekommen.

Der Igel bedankt sich herzlich bei der Henne. Weil Henriette des Öfteren in den Obstgarten kommt, beschließen sie von nun an, dicke Freunde zu werden.

__Eva Prinz__ wurde 1968 geboren. Sie ist verheiratet und hat drei Kinder. Als abendliche Freizeitbeschäftigung lässt die Landwirtin ihrer Fantasie gern freien Lauf und bringt sie zu Papier.

Der Teddybär

Es war einmal ein Teddybär,
der hatte es im Leben schwer.
Noch sehr jung und unerfahren,
fingen die Probleme an:
Ganz wild und struppig war sein Fell,
ihn zu verkaufen, ging nicht schnell.
Irgendwann, nach langer Zeit,
war es dann endlich so weit.
Eine Frau sah ihn am Fenster draußen
und entschied sich, ihn zu kaufen.
Sie wollt' ihn ihrer Tochter geben –
für den Bären ein neues Leben!
Doch auf dem Weg zum neuen Heim,
fiel ein Knopf von seinem Leim.
Nur ein Auge blieb ihm übrig,
das fand die Tochter gar nicht niedlich.
Das Kind, das wollt' ihn nimmer mehr
und gab ihn dann gleich wieder her.
Der Bär, der kam schnell auf den Müll,
und weinte, weil ihn keiner will.
Doch plötzlich, niemand hätt's gedacht,
hat das Glück ihn angelacht!
Ein junges Mädchen fand ihn dort
und sprach gleich zu ihm vor Ort:
„Süßer Bär, du heißt nun Klaus,
und ich nehm' dich mit nach Haus!"
Die Freude, die war riesengroß,
und schon gingen beide los.
Im neuen Haus sah er sich um,
vor lauter Staunen blieb er stumm.
Denn Klaus bekam 'nen schönen Platz,

behütet wie ein großer Schatz.
In einem Zimmer voller Teddybären –
der schönste Ort zu seinen Ehren!
So ein Glück war kaum zu fassen,
drum musste er fragen, er konnt's nicht lassen:
„Liebes Mädchen, sage mir,
bleib ich denn nun wirklich hier?"
Das Mädchen sah ihn lächelnd an,
voller Stolz, und sagte dann:
„Ihr Teddys seid doch meine Freunde,
hier geschieht euch nichts zuleide.
Drum brauchst du gar nicht traurig sein,
denn Freunde lässt man nie allein!"
Den Teddy machte das sehr froh –
und es war auch wirklich so!
Ein großes Glück für das Plüschtier,
denn er blieb für immer hier.
Und er spürte Tag für Tag,
dass sie ihn auch wirklich mag.
Sein Leben war nun immer heiter,
glücklich, fröhlich und so weiter.
Denn eines weiß nun jedes Kind:
Glück ist dort, wo Freunde sind.

Natascha Handy wurde 1991 geboren und lebt in Graz. Sie veröffentlicht regelmäßig Kurzgeschichten für Kinder und Erwachsene. Neben der Schriftstellerei interessiert sie sich für Tiere und die Natur.

Das Märchen vom Ferkel und der Maus

Es war einmal ein Ferkel, das auf einem Bauernhof am Rande eines Waldes lebte. Dort führte es ein sehr angenehmes Leben, denn es wusste, dass es vom Glück verfolgt sein musste. Wann immer der Bauer eine alte Kartoffel aussortierte, die nicht mehr für die Suppe taugte, warf er sie blindlings aus dem Fenster und jedes Mal landete sie wie durch Zauberhand genau vor den Füßen des Ferkels. Während es diese dann genüsslich verspeiste, begannen die anderen Tiere, missgünstig zu ihm herüberzuschauen.

„Das ist doch nicht zu glauben", krähte der stolze Hahn und scharrte mit seinen Krallen über den Sand, „schon wieder hat der Bauer das Ferkel bevorzugt!"

„Ich hätte auch gern mehr zu fressen", murrte das alte Pferd, „aber der Bauer sagt, dass er kein Geld habe, um für uns alle aufzukommen. Er müsse sparen und schauen, was die nächste Ernte bringt."

„Sei es, wie es sei", sprach der Hahn empört. „Manch einer hat in diesen Zeiten einfach mehr von diesem unverschämten Glück als wir anderen!" So redeten sich die Tiere in eine Wut hinein, von der das Ferkel nichts ahnte, bis es von allen anderen Bewohnern des Hofes gemieden wurde. In ihrer Eifersucht wollten sie nichts mehr mit ihm zu haben. Dadurch fühlte sich das Ferkel immer einsamer und obwohl es immer wieder die alten Kartoffeln zugeworfen bekam, konnte es sein Glück nicht so recht genießen.

Eines Tages, als es sich ein gemütliches Schlammloch für seinen Mittagsschlaf gesucht hatte, hörte das Ferkel ein klägliches Fiepen, das aus dem nahen Wald zu kommen schien. Von einer plötzlichen Neugier gepackt, sprang es auf, suchte nach einer Lücke im Holzzaun und verschwand zwischen den Bäumen. Ganz in der Nähe stieß es auf einen steinernen Brunnen. Immer wieder hallte das Fiepen aus der Tiefe zu ihm empor, sodass das Ferkel einen Blick in den Brunnen riskieren wollte. Es lehnte sich über die

Öffnung und erkannte nur die gemauerten Wände des Schachtes. Dann lehnte es sich noch weiter über die Öffnung und sah, dass der Brunnen schon seit langer Zeit trocken lag. Und als es sich noch weiter über die Öffnung lehnte, fiel es hinein. Da das Ferkel aber vom Glück verfolgt war, landete es weich auf einem großen Jutesack, den jemand in den Brunnenschacht gelegt haben musste. Durch den Aufprall platzte der Sack auf und kostbare Kleider kamen zum Vorschein.

„Mir ist nichts passiert", seufzte das Ferkel und schaute sich um, „doch wäre ich nicht vom Glück verfolgt, so wäre es mir schlecht ergangen!" Das verzweifelte Fiepen hallte laut im Schacht wider, doch das Ferkel vermochte einfach nichts zu erkennen. Erst als sich seine Augen an die Dunkelheit gewöhnt hatten, sah es eine kleine Maus vor sich sitzen, die bitterlich weinte. „Was ist denn mit dir?", fragte das Ferkel voller Sorge, denn die Maus tat ihm sehr leid.

„Ich weiß nicht, wie ich aus dem Brunnen entfliehen soll", antwortete die Maus und wischte sich die Tränen aus den Augen.

„Mach dir keine Sorgen", sprach das Ferkel tröstend, „du musst wissen, dass ich vom Glück verfolgt bin. Bald wird man mich suchen und finden, da bin ich ganz sicher. Und wer mich rettet, kann auch dich hier herausholen."

„Du magst vom Glück verfolgt sein", sprach da die Maus, „aber andere sind es nicht. Ich bin schon so lange hier im Brunnen gefangen. Die Wände sind zu glatt und meine Pfoten finden keinen Halt. Ich möchte so gern meine Familie wiedersehen."

Das Elend der kleinen Maus erweckte ein solches Mitleid im Ferkel, dass es sich von Herzen wünschte, sein Glück teilen zu können, sodass auch sie ein großes Stück davon abhaben könne.

In diesem Moment, da das Ferkel den Wunsch ausgesprochen hatte, kam ein Räuber des Weges. Er war gerade in das Jagdschlösschen der Herzogin eingebrochen und suchte nun den Brunnen auf, um darin seine Beute zu verstecken. Hastig schüttete er den Inhalt seiner Taschen in den Eimer, der über dem Loch an einer Winde hing, und ließ ihn langsam an einem Seil in den Schacht herunter. Dort, so hoffte er, würde das Diebesgut sicher sein, bis er wiederkäme, um es in aller Ruhe zu bergen. Sobald der Eimer am Boden des Brunnens angekommen war, verschwand der Räuber wieder im Unterholz, denn in der Ferne hatten die Hunde der Herzogin bereits seine Fährte aufgenommen.

Als die Maus den heruntergelassenen Eimer erblickte, hüpfte sie vergnügt auf und ab. „Das Glück ist mir hold!", jubelte sie und kletterte am Seil bis ganz nach oben und aus dem Schacht heraus. Außer sich vor Freude über ihre Freiheit hätte sie den Brunnen am liebsten weit hinter sich gelassen, doch als sie auf dem steinernen Rand saß, schaute sie noch einmal zum Ferkel herab, das in der Dunkelheit saß. „Mach dir keine Sorgen", fiepte sie ihm zu, „ich werde Hilfe holen und dich retten, so wie du mich gerettet hast." Dann verschwand sie im hohen Gras und ließ das Ferkel allein.

Es wurde Abend, es wurde Nacht und es wurde Morgen. Niemand war gekommen, um dem Ferkel aus dem Brunnen zu helfen. Doch das Ferkel sprach: „Ich bin vom Glück verfolgt. Jemand wird schon bald nach mir suchen!"

Es wurde Mittag, es wurde Abend und auch die zweite Nacht verbrachte das Ferkel allein im Brunnen. Am nächsten Morgen dann, als das Ferkel bitterlich frierend erwachte, begann es, an seinem Glück zu zweifeln. Vielleicht hatte die Maus all sein Glück mit sich genommen und machte sich nun ein schönes Leben damit! Doch dann hörte es plötzlich von oben ein aufgeregtes Fiepen, das ihm sehr bekannt vorkam.

Am Rand des Brunnens saß die Maus und rief: „Du wirst bald frei sein. Der Bauer folgt mir auf den Fersen. Nun muss ich um mein Leben laufen, damit er mir nicht den Garaus macht!" Damit verschwand ihr kleiner Kopf vom Brunnenrand und der Bauer näherte sich mit plumpen Schritten. „Diese Maus hat ihren letzten Tag erlebt!", sprach er, als er neben dem Brunnen hielt, um schnaufend nach Luft zu ringen, „laufen kann sie schnell, aber am Ende wird ihr das nichts nützen!"

Als das Ferkel den Bauern reden hörte, grunzte es, so laut es nur konnte, und seine Stimme wurde gehört. Verdutzt schaute der Bauer über den Rand des Brunnens und sah in der Tiefe sein verlorenes Ferkel sitzen. Sobald er wieder zu Atem gekommen war, eilte er zurück zum Hof, um eine Leiter aus der Scheune zu holen und in den Schacht hinabzusteigen.

„Du musst vom Glück verfolgt sein", sprach der Bauer, als er mit dem Ferkel auf dem Arm die Sprossen wieder emporklomm. „Niemals hätte ich dich gefunden, wenn nicht eine vorwitzige Maus meinen gesamten Käse und die Hälfte meines Brotes gefressen hätte. Ich bin ihr nachgejagt und habe am Ende dich gefunden.“

So kam das Ferkel zu guter Letzt wieder nach Hause, hatte mit der Maus einen neuen Freund gewonnen und war sehr, sehr glücklich darüber, sein Glück mit ihr geteilt zu haben. Doch auch der Bauer sollte durch den Vorfall noch vom Glück verfolgt werden, denn er stieg nochmals herab in den Brunnen, um die kostbaren Kleider und das Diebesgut im Eimer, nämlich Schmuckstücke von unschätzbarem Wert, hervorzuholen und schließlich der Herzogin zurückzubringen. Diese freute sich so sehr über die Rückkehr ihres gestohlenen Geschmeides, dass sie den Bauern so reich belohnte, dass er und all seine Tiere fortan ein stattliches und sorgenfreies Leben führen konnten. Der stolze Hahn, das alte Pferd und die anderen Hofbewohner vergaßen ihre Missgunst und nahmen das Ferkel mit Freuden wieder in ihre Mitte auf. So hatte es letztlich auch mit ihnen sein Glück geteilt.

Und wenn sie nicht gestorben sind, dann sind sie heute noch immer allesamt vom Glück verfolgt.

__Finn Lorenzen__ ist Literaturwissenschaftler und Autor. Er wurde 1989 in Kappeln in Schleswig-Holstein geboren und wuchs in Süderbrarup auf. An der Universität Bremen studierte er Germanistik und Kulturwissenschaft sowie Transnationale Literaturwissenschaft. Seinen spielerischen, verträumten Umgang mit der deutschen Sprache hat er durch Lyrikveröffentlichungen in diversen Anthologien bereits angedeutet, ehe er seine Aufmerksamkeit der Welt der Prosa zuwandte. Heute lebt er zusammen mit seiner Frau in Neuss.

Glas

vorbeigelaufen
an Schaufenstern des Lebens
zum Glück zerbricht Glas

Ingeborg Henrichs, *zuhause in Westfalen, verfasst bevorzugt kürzere Texte. Einige Veröffentlichungen.*

Maggi und Marlena

„Ach, Manno", schimpfte Marlena, während sie ihren Schulranzen in den Flur warf.

Ihre Oma blickte fragend aus der Küche um die Ecke, eine halb geschälte Kartoffel in Händen: „Na, dir auch einen schönen guten Tag, meine Liebe!"

„Hallo, Oma", schmollte Marlena sie an und ließ sich auf den Boden neben dem Schuhregal plumpsen, wo sie ihre Sneaker von den Füßen pflückte – ohne die Schnürsenkel zu öffnen. Bei Oma durfte sie das. Oma verriet Mama nichts, das war Ehrensache! Dann stand sie mühsam auf. Ein nasser Sandsack hätte nicht mehr Schwierigkeiten beim Aufstehen haben können, so viel stand fest.

„Man könnte meinen, du wärst die Sechzigjährige hier. Was ist los?", kommentierte Oma Margarete dieses Schauspiel.

Marlena atmete schwer: „Ach, ich hab' einfach einen echt bescheuerten Tag, Oma Maggi." Und mit *bescheuert* meinte sie eigentlich das schlimmere Wort, aber das durfte sie nicht sagen, das ließ Oma ihr nicht durchgehen.

„So schlimm?", hakte Oma Maggi nach. Sie legte die Kartoffel aus der Hand, ging zum Kühlschrank und holte den Maracujasaft raus. Den gab es eigentlich erst beim Nachtisch, aber heute musste es sofort sein, das war klar. Sie setzten sich an den Küchentisch, jeder ein Glas Saft vor sich, und schwiegen eine Weile. Oma Maggi wusste immer, was zu sagen war. Oder wann man besser nichts sagte. Sie drängte einen nie zum Reden und war die beste Zuhörerin, wenn man redete.

Schließlich brach es aus Marlena heraus: „Heute Morgen habe ich verschlafen und furchtbar Ärger mit Mama und Papa gehabt deswegen. Weil ich so spät war, hab' ich den Bus verpasst und Papa musste mich fahren. Das darf ich mir jetzt bestimmt drei Tage anhören. Außerdem haben wir einen unangekündigten

Vokabeltest geschrieben, den ich voll verhauen habe – ganz bestimmt sogar. Tim hat mir in der Pause einen Fußball ans Bein gekickt und meine neue, weiße Jeans ganz dreckig gemacht. Den ganzen Tag haben alle doof geguckt, wie uncool ich rumlaufe. Ehrlich, Oma Maggi, ich weiß nicht, was los ist! Sogar Musikhausaufgaben haben wir aufbekommen – kriegen wir sonst nie, nie! Kannst du das glauben? Und eben ist meine Flasche im Ranzen ausgelaufen und ich muss bestimmt alle Bücher von meinem Taschengeld bezahlen. Das ist doch nicht fair, Oma! Wie soll ich das denn machen? Die kosten doch mindestens dreißig Euro pro Stück! Ich weiß nicht, warum das alles ausgerechnet mir passiert. Wieso habe ich so viel Pech?“ Dann verstummte Marlena, zog die Unterlippe vor und die Mundwinkel nach unten.

„War das eine rhetorische Frage?“, hakte Oma nach.

„Was für ’n Ding?“, entfuhr es Marlena.

„Eine rhetorische Frage, mein liebes Kind, ist eine Frage, auf die man keine Antwort erwartet, weil die Antwort schon auf der Hand liegt.“

Oma erklärte schwierige Wörter gut, aber das wusste Marlena heute nicht zu schätzen. „Wenn ich wüsste, warum ich so viel Pech habe heute, würde ich dich ja nicht fragen, Oma, hier liegt ja wohl gar nichts auf der Hand.“ Frustriert verschränkte sie ihre Arme und blickte aus dem Fenster. Was war los mit Oma? Sie hatte doch sonst immer die richtigen Worte.

„Nun, vielleicht liegt die Antwort nicht auf der Hand, sondern ein kleines Stückchen daneben. Du musst vielleicht ein bisschen suchen.“ Zwinkernd trank Oma einen Schluck Saft.

Marlena kniff die Augen zu kleinen Schlitzen zusammen und fragte sich, ob Oma Maggi eventuell den Verstand verlor. „Was meinst du?“, fragte sie ihre Oma zögerlich.

„Na, guck mal, Liebes. Du hast heute Morgen verschlafen, richtig?“

Marlena nickte langsam und dachte über die Oma ihrer besten Freundin nach – sie wohnte in einem Seniorenheim und konnte sich nicht merken, was man ihr vor zwei Minuten erzählt hatte. „Nun, wenn du es aber mal so herum siehst, dann hast du heute Morgen länger schlafen können als normalerweise an einem Schultag, oder?“

Wieder nickte Marlena.

Oma Maggi freute sich: „Siehst du, klingt gar nicht nach Pech!“

Marlena schnaubte: „Pah, wenn das kein Pech war, dann erklär doch mal den Streit, den ich mit Mama und Papa hatte, weil ich zur Schule gefahren werden musste!“

„Stell dir einen Moment vor, deine Eltern würde es nicht interessieren, ob du rechtzeitig wach bist, zur Schule kommst oder überhaupt zur Schule gehst“, sagte Oma jetzt sehr ernst.

Marlena überlegte. Hörte sich eigentlich ganz gut an.

„Du denkst jetzt vielleicht, das wäre nicht schlecht“, las Oma Maggi ihre Gedanken, „aber wir beide wissen, was aus den Kindern wird, deren Eltern sich nicht für solche Dinge interessieren.“ Dabei sah sie ihre Enkelin prüfend an.

Marlena kaute auf ihrer Unterlippe herum und nickte. Sie wusste, dass es ein gutes Zeichen war, wenn Eltern Pünktlichkeit verlangten. „Wie erklärst du mir aber den Vokabeltest und die dreckige Jeans – das ist doch nun wirklich Pech! Ich kriege eine schlechte Note und meine neue Hose ist schon gleich dreckig!“

„Nun, du wirst wohl eine schlechte Note bekommen“, gab Oma zu. Marlena wirkte zufrieden – endlich hatte Oma Maggi es eingesehen. „Aber weißt du, es ist doch etwas Gutes, dass es dir wichtig ist, keine schlechte Note zu haben – das nennt man Ehrgeiz und es hilft dabei, das Beste aus sich herauszuholen“, ermunterte Oma sie.

„Und als Nächstes sagst du mir, die dreckige neue Hose erinnert mich daran, dass ich die Hose bekommen habe, die ich seit Monaten haben wollte“, fügte Marlena halb ernst hinzu.

„Na siehst du, jetzt hast du’s raus!“ Oma prostete ihr zu. „Alles eine Frage der Pechspektive!“

Jetzt schmunzelte auch Marlena und hob feierlich ihr Glas: „Auf das Pech! Denn ohne Pech hätte es nicht schon vor dem Essen Maracujasaft gegeben.“ Dann trank auch sie.

Oma lachte und ging zur Arbeitsplatte, wo sie das Kartoffelschälen wiederaufnahm. Marlena sprang auf und half ihr. Während sie warteten, dass das Essen gar wurde, fiel Marlena etwas ein, das ihre Laune wieder trübte: „Aber Oma, was ist denn mit den nassen Schulbüchern? Das ist keine Frage der Pechspektive.“

„Stimmt, mein Liebes. Das ist keine Pechspektiv-Frage!“ Dann verschwand sie aus der Küche und kam kurz darauf mit einem

Bügeleisen wieder. „Ich weiß, wie man Papier wieder glattbügelt ... und du hast eine verschwiegene Oma – das ist Glück im Unglück!"

Anne-Kathrin Dierkes, Jahrgang 1982, hat in der Grimmstadt Kassel Anglistik und Germanistik studiert. Mittlerweile lebt sie in Nordrhein-Westfalen und ist Lehrerin. Das Schreiben und das Zeichnen begleiten sie als Hobbys seit Kindertagen.

Die Reise ins ewige Glück

Ich gehe auf eine Reise ... eine Reise mache ich nicht
Ich gehe und erlebe eine Reise zum Glück !

Das Glück ist sehr nah und doch sehr fern.
Ferner als der Himmel.
Das Leben ist eine lange Reise ins ewige Glück.
Ich suche es, aber finde es nicht – das Glück,
das ich erleben möchte.
Ich suche das ewige Glück im Leben, nicht nach dem Leben.

Das ewige Glück musst du nicht suchen,
sondern es lebt schon lang in der Tiefe deines Herzens.

Jürgen Heider wurde 1989 in Karaganda (Kasachstan) geboren. Heute lebt er mit seiner Familie in Freiburg. Seit seiner Geburt hat er eine Körperbehinderung. Deshalb besuchte er von 1997 bis Sommer 2009 die Esther-Weber-Schule für körperbehinderte Schüler in Emmendingen-Wasser. Vom Sommer 2007 bis Sommer 2009 absolvierte er das zweijährige Berufsvorbereitungsjahr. In diesen zwei Jahren konnte er viele praktische Erfahrungen für seine berufliche Zukunft sammeln und hat je ein Praktikum bei der „Badischen Zeitung" in Emmendingen und der „Zypresse" Freiburg gemacht. Außerdem nahm er an einer Arbeitserprobung im Integrationszentrum für Cerebralparese in München mit dem Schwerpunkt einer kaufmännischen Ausbildung teil. Nach einem Praktikum beim Behindertenreferat im Erzbischöflichen Seelsorgeamt arbeitet Jürgen Heider heute bei den Caritaswerkstätten Freiburg für Menschen mit einer Behinderung.

Jan kommt neu in die Schule

Jan ist ganz aufgeregt. Die neue Schule ist so viel größer als die alte Schule in Bikuweh, einem kleinen Dorf im Nirgendwo. Jetzt wohnt er mit Mama und Papa in einer größeren Stadt, die er in dieser Geschichte nicht verraten möchte. Die neue Schule hat verdammt lange Flure und die Wände sind mit vielen bunten Clownsbildern bestückt, die vermutlich die Kinder dieser Schule gemalt haben. Aber Jan weiß es nicht genau! Er würde sich allein bestimmt verlaufen, doch Mama findet den Weg. Ob er hier auch glücklich wird und Freunde findet?

Vor einer blauen Tür bleiben sie unterdessen aufgeregt stehen. Das ist Jans neue Klasse! Jan ist sehr aufgeregt, so doll, dass sein Herz Purzelbäume schlägt! Herr Klugerwitz begrüßt Jan mit strahlendem Gesicht, er wird ab heute sein Klassenlehrer sein. Mama muss jetzt gehen. Der Lehrer hat eine viel zu große schwarze Hornbrille auf der Nase, Jan kommt das unheimlich vor! Viele fremde Kindergesichter schauen Jan, entgegen, was Jan irgendwie auch verstehen kann, ein Neuer ist immer interessant, vor allem, wenn man einen rechten gelähmten Arm hat! Am liebsten möchte Jan im Erdboden versinken, dazu aber bleibt wirklich keine Zeit mehr! Ein hübsches Mädchen, das merkt er gerade, lächelt ihn an, was ihm ein wenig schmeichelt. Etwas verlegen lächelt Jan zurück und er merkt, dass er ein wenig rot um die Nasenspitze wird, aber so, dass es keiner merkt!

„Das ist Jan, er wird ab sofort euer Mitschüler sein, wer möchte Jan alles in der Schule zeigen?", fragt Herr Klugerwitz, und schaut gespannt in die Runde. „Bitte seid freundlich zu ihm und schließt ihn nicht aus. Wie ihr seht, hat er einen gelähmten Arm!"

Das Mädchen mit dem süßen Lächeln und dem schönsten Gesicht der Welt und den atemberaubenden blonden langen Haaren hebt als Einziges die Hand. Jan ist ziemlich froh, dass genau sie es ist, das macht ihn glücklich! Laura heißt das Mädchen, Laura, die ihm gleich vertraut wirkt! Sofort springt sie von ihrem Stuhl und begrüßt Jan mit einer freundschaftlichen Umarmung, ganz unvoreingenommen, als ob sie schon immer beste Freunde sind, denkt Jan.

Dieses Mädchen fängt plötzlich zu sprechen an. „Schön, dass du hier bist!", trällert Laura und sieht Jan freudestrahlend ins Gesicht.

Es schmeichelt ihm, was ihn geradewegs mehr als glücklich macht. Die anderen Kinder schauen stillschweigend zu und fangen zu flüstern an, was Jan wirklich nicht schön findet, aber er kennt es nicht anders, dass Kinder ihn ansehen, als ob er von einem anderen Planeten kommt!

Herr Klugerwitz mahnt seine Schützlinge, währenddessen zeigt er Jan, welchem Sitzplatz er eingeteilt ist. Genau neben Laura, was er ziemlich toll findet! Laura zeigt Jan, wo er seine Schulsachen wie Hefte, Mappen und Bücher hinstellen kann. Das findet Jan nett, denn das hat noch kein Mädchen für ihn getan. Jan hört aufmerksam zu, damit er ja nichts vergisst. Auch erklärt Laura ihm, wie das mit dem Blumengießen der Pflanzen ist und andere wichtige Sachen, die man unbedingt laut der Klassenregel befolgen muss!

„Hast du irgendetwas nicht verstanden?", fragt Laura plötzlich.

Jan muss sich räuspern. „Nein, warum fragst du?"

„Nur so", lacht Laura. „Weil du komisch wie ein Clown schaust."

Jan lacht. „Es fällt schwer, mir alles zu merken, aber es klappt schon!"

Laura streicht ihm kurz über die Schulter und versucht Jan, ein wenig aufzumuntern. „Mach dir bitte keine Gedanken, das wird schon klappen, es ist noch kein Meister vom Himmel gefallen. Bald kannst du alles im Schlaf, ich werde dir dabei helfen!" Dann schaut sie seinen Arm an. „Jan, was ist passiert, dass du deinen rechten Arm nicht bewegen kannst?", bohrt Laura nach. „Hattest du vielleicht einen Unfall, der ihn lahmlegte?"

Jan schaut plötzlich sehr traurig aus. Das bemerkt Laura. Plötzlich meldet sich Jan zu Wort, was alle Kinder in der Klasse neugierig macht. „Nein, ich hatte bei der Geburt einen Sauerstoffmangel, deshalb ist mein Arm gelähmt. Für mich ganz normal, wenn ich das so sagen darf. Er wird *Adlerflügel Fridolin* von mir genannt!"

Seine anderen Mitschüler fangen lauthals zu lachen an, was Herr Klugerwitz so nicht akzeptieren kann. Mahnend schaut er in die Runde, sein Blick sagt mehr als tausend Worte. Wütend fängt er zu sprechen an: „Jeder Mensch ist einzigartig", sagt er. „Wie ein bunter Regenbogen mit all seinen Farben am Himmelshorizont. Der leuchtende Mond mit all seinen Sternen in der Nacht, zusammen sind sie wie helle Hoffnungsschimmer, die euch Kinder in schweren Zeiten den Weg ins Licht zurückzeigen, wenn es euch mal so richtig schlecht geht. Der Glaube an Mut, Gerechtigkeit und Toleranz in dieser Welt macht euch Kinder zu bärenstarken Beschützern von Menschen mit Behinderung. Jeder Mensch ist so perfekt, wie er nun mal ist, und genau das sollte man sich immer vor Augen halten, liebe Kinder. Das Leben ist vielfältig auf seine ganz besondere Weise. Genau das ist das Tolle in unserem Leben", sagt Herr Klugerwitz weiter. „Die gesunden Menschen helfen zum Beispiel den kranken – und umgekehrt genauso."

Seine Schüler hören gebannt zu, was nicht selbstverständlich ist. Herr Klugerwitz hat recht. Und endlich auch hier in dieser neuen Schule Freunde zu finden, ist Jans größter Wunsch. Sie sollen ihn so akzeptieren, wie nun mal ist. Ein erster Schritt ist gemacht, den Laura ist sehr nett, das kann Jan wirklich nicht anders sagen. Er ist glücklich – und das auf ganzer Linie, fürs Erste einmal!

__Kristina Plenter,__ Jahrgang 1981, lebt im Westmünsterland in Deutschland – an der niederländischen Grenze zu Enschede. Schreibt leidenschaftliche Kurzgeschichten für Kinder und Gedichte. Andere Hobbys sind das Lesen und Malen am Computer. Nimmt gerne an Anthologien teil.

Vor Leichtigkeit springen

Auf deinem Konto liegen Säcke voller Geld.
Du bist der Chef der halben Welt.
Dein Kleiderschrank ist gut sortiert und aufgefüllt,
aber in deinem Kopf, da bist du aufgewühlt!

Fröhlich stimmen dich nur teure Sachen.
Über „arme" Menschen kannst du nur lachen.
Deinen Frohsinn kaufst du dir mit Gold,
doch wo du jetzt stehst, hast du nie hingewollt.

In deiner Hand … ein kleines Stück Papier.
Scheint gleich der Quittung für deine Gier.
Bescheinigt dir, du bist schwer krank.
Davon freikaufen, das kann dich keine Bank.

Bist du glücklich mit deinem Leben?
Was kannst du deinen Kindern weitergeben?
Was füllt dein Herz, jetzt wo du gehst?
Was die Gedanken, wenn du an der Lebensuhr drehst?

Besinn dich, was dich am Leben hält!
Besinn dich doch, was wirklich zählt!
Besinn dich und reiß das Steuer rum!
Besinn dich jetzt, nimm's dir nicht krumm!

Es ist die gelbe Sonne, die deine Seele streichelt.
Ein Windhauch im Frühling, der deinem Herzen schmeichelt.
Es ist ein Sommerregen, der auf deiner Haut verpufft.
In deine Lungen strömt arktisch frische Winterluft.

Es ist ein Tisch, mit sättigenden Gaben.
Es ist ein Kinderlachen, an dem kannst du Freunde haben.
Es ist die haltende Hand von einem Freund.
Es ist die Atempause, die dein Chaos leicht aufräumt.

Zuletzt kannst du es spüren,
das Glück kann nur dein Herz berühren,
wenn du dich frei machst von materiellen Dingen.
Jetzt kann dein Herz vor Leichtigkeit springen!

Katja Lippert, geboren 1982 im schönen Erzgebirge, Mutti von vier Kindern. Es sind zwei Bücher im Papierfresserchen-Verlag erschienen: „Liese, Lotte und der Weg in die Welt" (deutsch-englisch) und „Einzug im Pflaumenbaum" (deutsch-spanisch).

Das Ungeheuer im Wald

Tina verbrachte die Sommerferien bei ihrer Lieblingsoma auf dem Dorf. Da sie mit ihren Eltern in einer viel zu kleinen Wohnung in der Stadt wohnte, freute sie sich immer auf den großen Garten vor dem Haus. Oft ging sie auch zu den Nachbarn von Oma. Dort wohnte Peter, der genauso alt wie sie und der einzige Junge war, mit dem sie sich richtig gut verstand. Peter war nicht so doof wie die anderen Jungs aus ihrer Schule oder in der Sportgruppe am Nachmittag. Peter machte sich nie lustig über ihre Sommersprossen oder redete von Sachen, die sie nicht interessierten. Er konnte ihr gut zuhören und zeigte ihr immer wieder tolle neue Dinge. Als sie heute zu Peter kam, saß er im Garten. Seine Eltern waren in die nahe Kleinstadt zum Einkaufen gefahren, so waren sie ganz alleine.

„Was wollen wir heute machen?", fragte Tina.

Peter streckte sich in der Sonne, dann sprang er auf und sagte: „Komm, lass uns in den Wald gehen, da ist es schön kühl an diesem heißen Sommertag."

So gingen die beiden über eine blühende Sommerwiese in den nahen Wald und Tina merkte, wie gut ihr der erfrischende Schatten der alten Buchen tat. Sie hörten den Specht, wie er seinen langen spitzen Schnabel in das Holz hämmerte und von Ferne klang der Ruf des Kuckucks, von dem man sagt, er könne weissagen, wie lange man noch zu leben habe. Aber wem galten die Rufe des Vogels heute? Tina oder Peter?

Die beiden Kinder kamen zu einer Lichtung mit einem schmalen Bach, an dessen Ufer gelbe Blumen blühten, aus denen Tina einen Kranz flocht und sich auf das Haupt setzte. Sie legten sich ins grüne Gras, genossen die Ruhe im Wald und beobachten das Spiel der Sonnenstrahlen, die durch das dichte Blätterdach auf sie schienen. Es war so friedlich und ruhig, dass beiden Kindern bald die Augen zufielen und sie in das Land der Träume versanken.

Als Tina aufwachte, dämmerte schon der Abend. Ein kühler Luftzug wehte zwischen den Bäumen, in der Ferne hörte man den Unheil verkündenden Schrei eines Vogels. Peter lag neben ihr, blinzelte, setzte sich auf, rieb sich den Sand aus den Augen und schaute etwas verdutzt in den dunkel werdenden Himmel. „Haben wir wirklich so lange geschlafen?", fragte er.

„Meine Oma wird sich schon Sorgen machen, wo ich bleibe."

„Meine Eltern ganz bestimmt auch. Komm, lass uns schnell nach Hause gehen, bevor es Nacht wird." Aber schon nach wenigen Schritten blieb Peter verdutzt stehen. „Tina, war hier nicht an der alten Eiche vorhin der Weg?"

„Peter, ich kann mich gar nicht an diesem Baum erinnern. Kamen wir nicht aus der anderen Richtung?"

„Das muss wohl so sein. Aber ich bin mir so sicher, dass wir an diesem Baum vorbeigekommen sind."

Es dauerte nicht lange, ehe sich beide Kinder an die Hände fassten und eingestehen mussten, dass sie sich im Wald verlaufen hatten. Unheilvoll ächzte eine alte dunkle Tanne über ihnen im Wind, der Himmel verdunkelte sich immer rascher.

„Peter, was machen wir nur. Ich bekomme Angst."

„Keine Sorge, Tina, lass uns einfach ein Stückchen gehen, bis wir einen Weg finden. Dann werden wir bald eine Stelle finden, die wir kennen und alles wird gut."

So stolperten die Kinder durch den alten Wald über Wurzeln und abgebrochene Zweige. Sie hatten Glück, der Mond schien in dieser Nacht hell, aber das Spiel der Schatten machte für die Kinder den Wald nicht weniger unheimlich. Ein Käuzchen rief in der Nähe, Zweige streiften ihre Gesichter, als ob tote Hände nach ihnen greifen würden. Sie hatten großen Hunger und Durst, aber der Bach lag weit hinter ihnen. Warum nur, fanden sie keinen Pfad?

Sie gingen sehr lange, es wurde immer kälter, als irgendwann Peter die Hand von Tina nahm und erschöpft sagte, es sei wohl besser, auf den Morgen zu warten, um den Weg nach Hause zu finden. So schlugen sie ihr kleines Lager im weichen Moos auf, lehnten sich an den tief gefurchten Stamm einer alten Eiche und hofften, dass sie noch einmal schlafen konnten. Aber sie hatten viel zu viel Angst. Was waren das für Geräusche, in diesem dunklen Wald? Den Kindern fielen alte Märchen und Sagen ein, in denen im tiefen Wald Menschen Schlimmes passiert war. Sie konnten nicht aufhören, sich gegenseitig diese Geschichten zu erzählen, anstatt sich Mut zu machen.

Die Kinder waren so vertieft in die alten Geschichten von Hexen und Räubern, dass ihnen die seltsamen Geräusche gar nicht auffielen, die immer näher kamen. Im Gegenteil, es schien, als ob sie zu den Geschichten von Zauberwäldern passten, bis Tina plötzlich aufsprang und schrie. Das war keine Einbildung, das waren wirklich zwei gefährlich leuchtend gelbe Augen, dort unter dem Busch. Auch Peter sprang schreiend auf, packte Tina am Arm und zog sie hinter sich her. Sie rannten in der Dunkelheit, so schnell sie konnten, hinter ihnen hörten sie ein wütendes Schnauben und spürten einen dunklen Schatten, der immer näher kam. Fast war es, als streifte das Monster Tinas Bein und als spürte sie den heißen Atem auf ihrer Haut.

Donnernd erklang ein Schuss. Erschrocken blieben Tina und Peter stehen. Schweißgebadet von der Anstrengung und der Angst. Hinter ihnen hörten sie ein lautes Grunzen, der Schatten, der sie verfolgt hatte, verzog sich im Gebüsch. Nun hörten die Kinder, wie jemand ihre Namen rief. „Hier, hier sind wir", riefen sie so laut sie konnten und ehe sie sich versahen, kamen Menschen auf sie durch den Wald zugelaufen und sie sahen die Lichtkegel mehrerer Taschenlampen.

Tina und Peter saßen auf der sonnigen Terrasse von Omas Haus und aßen frische, selbst gebackene Himbeertorte. Alle waren da – Oma, Peters Eltern, die Bauern und der Jäger, die gestern Nacht geholfen hatten, die Kinder im Wald zu finden, und freuten sich, dass alles gut ausgegangen war und die Kinder heil und sicher wieder zu Hause waren. Auch Tina und Peter waren glücklich und konnten nicht lassen, von ihrer Angst vor dem Ungeheuer im Wald zu erzählen, dass Tina gestreift hatte, als der Jäger einen Schuss in die Luft abgegeben hatte.

Doch der Jäger lachte und erklärte ihnen, dass sie auf kein geheimnisvolles Ungeheuer gestoßen waren, sondern Schwein gehabt hätten. Denn Tina und Peter hatten ein Wildschwein in der Nacht bei der Futtersuche gestört und solche Schweine können sehr gefährlich werden, wenn sie wütend sind. So hatten die beiden Kinder in der Nacht wirklich Schwein gehabt. Ein wildes Schwein, dass sie verfolgte, und eines, wie man so sagt, in dem sie Glück hatten, rechtzeitig gefunden zu werden, ehe etwas Schlimmeres passiert war.

Spunk Seipel lebt in Berlin und im Böhmischen Wald. Er geht am liebsten durch Wälder spazieren, beobachtet dort seltene Tiere und macht auch gerne einmal auf einsamen Lichtungen Rast. Er malt Bilder von glücklichen Schweinen und schreibt für Zeitungen und Magazine. Er hat mehrere Kurzgeschichten veröffentlicht. Sein Leben lang träumt er schon davon, ein eigenes Schwein zu haben, doch bis heute hat es nicht geklappt.

Glückliche Kindheit

erster Geburtstag
ein Kerzenlicht vergrößert
zwei große Augen

ein spielendes Kind
in der Kiste mit Bausand
die Zukunft hat Zeit

Kindergartenkinder
bei der Apfelernte
all die roten Bäckchen!

bei der Kirschernte
köstliche Ohrgehänge
kichernder Mädchen

Fahrt mit der Achterbahn
der Schrei des Mädchens
duftet nach Zuckerwatte

***Wolfgang Rödig**, geboren in Straubing, lebt in Mitterfels, hat bisher mehr als 300 seiner Texte in Anthologien, Literaturzeitschriften, Tageszeitungen und Kalendern veröffentlicht.*

Sechs Richtige

„Kinder, hört endlich auf zu streiten!" Robs Stimme übertön-
te das Gekreische auf der Rückbank und sorgte umgehend für
Ruhe. Erschrocken sahen die zwölfjährige Leoni und ihr um vier
Jahre jüngerer Bruder Ben zu ihrem Vater. Die kindliche Sprach-
losigkeit währte allerdings nur wenige Augenblicke.

„Mama hat gesagt", wandte sich Ben wieder an seine Schwester,
„ich darf auch mit deinem Smartphone zocken!"

„Ja, einmal am Tag ... du hast heute Mittag im Tierpark schon
gezockt."

„Aber nur kurz!" Ben schraubte die Stimme um eine Oktave
nach oben.

Rob warf Constance auf dem Beifahrersitz einen flehentlichen
Blick zu. Die drehte sich zu ihren Kindern um. „Okay, zu Hause
dürft ihr noch eine halbe Stunde fernsehen."

„Es ist doch Samstag", gab Leoni mit Schmollmund zu beden-
ken.

„Morgen ist keine Schule", wurde sie von Ben in seltener Ein-
tracht bestärkt.

„Ben nervt total, ich will ein eigenes Zimmer!"

Rob zwinkerte seiner Frau zu. „Wenn wir die beiden verkaufen,
können wir uns eine Weltreise leisten, was meinst du?"

Nachdem die Geschwister unter gegenseitigen Beschimpfungen
in ihrem gemeinsamen Zimmer verschwunden waren, setzte sich
Rob im Wohnzimmer auf die Couch und machte den Fernseher an. Constance schlenderte zum Badezimmer, als das Telefon
läutete. Sie pflückte den Hörer aus der Ladestation, blickte auf
das Display und nahm das Gespräch an. „Mama ... ist alles in
Ordnung?"

Einige Minuten später stützte Constance sich am Türrahmen
zum Wohnzimmer ab und hielt das Telefon hoch.

„Was ist los, Schatz?" Rob sprang auf und stellte sich vor seine Frau. „Du bist ja ganz blass, ist was mit deinen Eltern?"

„Sie ... du weißt doch, dass sie seit Jahren Lotto spielen, und ..."

Rob sah Constance verständnislos an. „Ja, ich weiß, dass dein Vater jede Woche an der Lotterie teilnimmt ... und weiter?"

„Heute Abend ... nach den Nachrichten hat er die Zahlen verglichen."

Rob schlug die Hände vors Gesicht. „Heißt das, er hat vergessen, den Schein abzugeben und die haben ausgerechnet diesmal seine Zahlen gezogen? Großer Gott!"

„Nein!" Constance winkte energisch ab. „Es ist viel schlimmer ... ich meine, nein ... im Gegenteil." Eindringlich sah sie Rob in die Augen. „Sie haben sechs Richtige."

Rob starrte sie an wie einen Eisbären, der sich im tropischen Dschungel verirrt hatte. „Das glaube ich jetzt nicht. Er ist doch manchmal ein wenig schusselig ... ist das wirklich wahr?"

„Er hat die Ziehung mehrmals mit seinem Zettel verglichen ... sechs Richtige." Die Farbe kehrte langsam in ihr Gesicht zurück.

„Das muss ich genau wissen, ich rufe ihn sofort an. Gib mir den Hörer!"

„Nichts da!" Sie versteckte das Gerät hinter ihrem Rücken. „Die beiden sind total aufgewühlt. Mama ist froh, dass Pa endlich eingeschlafen ist und sie wollte auch gleich ins Bett." Constance sank auf die Couch.

„Du weißt doch, wie gerne sie uns finanziell unterstützen würden. Es ist der einzige Grund, warum sie noch spielen ... sie sagen, dass sie das Geld selbst nicht mehr brauchen."

„Super!" Leoni, die alles mit angehört hatte, kam ins Wohnzimmer und baute sich vor ihren Eltern auf. „Also, als Erstes suchen wir eine neue Wohnung mit einem großen Zimmer für mich allein." Bestimmt sah sie die beiden an. „Und ich will ein Pony."

„Wohl ein bisschen plemplem, was?" Rob schob seine Tochter in den Gang. „Wir reden morgen weiter."

„Das muss ich sofort Ben erzählen."

Constance schüttelte den Kopf. „Was meinst du, welchen Betrag man für sechs Richtige bekommt?"

„Keine Ahnung. Wenn mehrere Spieler das Gleiche getippt haben, ist er nicht sonderlich hoch. Kannst du dich erinnern ...

einmal gab es dermaßen viele Gewinner, dass am Ende jeder nur 100.000 Euro bekam!“

„Na, besser als Nichts, oder.“ Constance zuckte mit den Schultern. „Was machen wir jetzt?“

Rob versuchte, seiner Stimme einen beiläufigen Klang zu geben. „Gehen wir lieber schlafen, bevor wir durchdrehen. Morgen nach dem Frühstück rufen wir deine Eltern an. Dann sehen wir weiter.“

„Was ist denn hier los, das gab es ja noch nie!“ Ungläubig betrachtete Rob den gedeckten Frühstückstisch, an dem die beiden Kinder fertig angezogen saßen. Constance gähnte und setzte sich auf ihren Stuhl. „Keine Ahnung, aber daran könnte ich mich gewöhnen.“

Nachdem auch Rob Platz genommen hatte, knuffte Ben seine Schwester in die Seite. „Nun sag es endlich!“

„Lass das!“ Sie musterte ihren Vater und ihre Mutter. „Wir haben uns gedacht, dass wir keine Zeit verlieren sollten, deshalb haben wir eine Liste geschrieben ... eigentlich zwei Listen ... eine für Ben, eine für mich.“ Die Mienen der Eltern bildeten Fragezeichen.

„Genau“, platzte es aus Ben heraus, „wo wir doch jetzt Millinäre sind.“

„Ach du meine Güte.“ Constance schlug eine Hand an die Stirn, Rob verdrehte die Augen.

„Wenn Leoni ein Pony kriegt“, fuhr Ben fort, „will ich einen Hund!“

Rob und Constance begannen schallend zu lachen. Diesmal waren es die Kinder, die ihre Eltern verständnislos ansahen.

Erst beim dritten Läuten bemerkten sie das Telefon. Constance sah auf die Anzeige, bedeutete den anderen, still zu sein, und nahm das Gespräch an. „Guten Morgen, Mama.“

Ben und Leoni ballten die Fäuste und jubelten lautlos.

„Ja, ich höre ... bleib ganz ruhig und erzähle einfach.“ Constance hörte gespannt zu. „Aha ... verstehe ... ja ja ... und dann? Aber das ist ... nein nein, wir haben uns keine Gedanken gemacht ... das macht doch nichts ... kein Problem ... alles gut ... wir kommen heute am Nachmittag bei euch vorbei ... bis später.“ Sie legte das Telefon auf den Tisch und sah Rob kopfschüttelnd an.

„Man möchte es nicht glauben!"

„Was?" Die Frage kam zeitgleich aus drei Mündern.

„Mein Vater hat die Lottozahlen von gestern mit dem Zettel verglichen, den er selbst geschrieben hat. Er hatte aber total vergessen, dass er die gezogenen Zahlen bereits eine Stunde vorher aufgeschrieben hatte. Diese notierten Zahlen hat er später mit denen abgeglichen, die in den Nachrichten genannt wurden. Deshalb stimmten die überein. Das andere Blatt mit den Zahlen, die er diesmal auf seinem Tippschein angekreuzt hatte, hat er erst heute nach dem Aufstehen gefunden."

„So ein Mist", beendete Leoni das betretene Schweigen, „ich bekomme wieder kein eigenes Zimmer!" Trampelnd verließ sie die Küche, wobei sie ihr Smartphone auf dem Tisch liegen ließ.

Ben schnappte es sich. „Wenigstens kann ich jetzt zocken."

„Das ist mein Handy!" Leoni kam zurück und stürmte auf ihren Bruder zu. Der sprang auf und lief davon. Unter lautem Geschrei verschwanden sie im Kinderzimmer.

Rob sah Constance an und nahm ihre Hand. „Stell dir vor, wir könnten uns alles leisten, was wir wollen. Das wäre doch total langweilig, oder?"

„Allerdings!"

Die beiden küssten sich.

„Komm, lass uns frühstücken."

__Herbert Glaser__ wurde 1961 in München geboren, absolvierte eine Ausbildung zum Elektroniker und holte das Abitur auf dem zweiten Bildungsweg nach. Seit über drei Jahrzehnten arbeitet der leidenschaftliche Filmfan als Sounddesigner bei einem Münchner Fernsehsender und legt dabei fehlende Töne für die unterschiedlichsten Dokumentationen und Spielfilme an. Mit der Teilnahme an dem Online-Seminar „Kurzgeschichte schreiben" begann im Jahr 2016 seine Autorentätigkeit. Zehn seiner Erzählungen fanden bereits den Weg in verschiedene Anthologien. Anfang 2019 erfüllte er sich mit der Veröffentlichung seines ersten Romans „Neustart" einen Traum. Mit der Anthologie „kurz und schmerzend" erschien ein Jahr später eine Sammlung seiner Kurzgeschichten. Mit seiner Frau lebt er nördlich von München und freut sich über drei erwachsene Kinder und (bisher) zwei Enkel.

Käferchen, flieg!

Oskar liebte Marienkäfer. Schon als ganz kleiner Junge wusste er, dass Marienkäfer Glück bringen. Das hatte er von Mama gelernt.

Nach einem Sturz und einem aufgeschürften Knie hatte Mama ihn getröstet und ihm einen zufällig daher krabbelnden Marienkäfer auf den Arm gesetzt.

„Schau her, das ist ein Glückskäfer", hatte Mama gesagt. „Er sorgt dafür, dass dein Knie nicht mehr wehtut."

Und tatsächlich, auf wundersame Weise hatte das Knie aufgehört zu schmerzen, während Oskar dem kleinen Tierchen mit den rot-schwarz gepunkteten Flügeln zuschaute. Zuerst hatte es ängstlich auf der Stelle verharrt, dann hatte es sich mit den vorderen beiden Beinchen über seinen Kopf gestrichen und schließlich hatte es die Flügel ausgebreitet und war anmutig in den Himmel geschwebt. Mit ihm war auch der Schmerz davongeflogen. Mama hatte geheimnisvoll gelächelt und Oskar war seitdem überzeugt davon, dass Marienkäfer kleine Wunder vollbringen konnten.

Viele Jahre waren seitdem vergangen und das Glück des Marienkäfers hatte Oskar stets begleitet. Mehr noch – im Lauf der Jahre hatte er gelernt, dass er Glück an andere Menschen weitergeben konnte, wenn er ihnen eine Freude machte, sie tröstete oder ihnen half.

Als Oskar drei Jahre alt war, hatte er der kranken Nachbarin ein Bild von einem Marienkäfer gemalt. Danach ging es ihr ein kleines bisschen besser, das hatte Oskar in ihrem Gesicht gesehen.

Mit vier hatte er im Winter zusammen mit Papa einen riesigen Marienkäfer aus Schnee gebaut. Viele Kinder, die am Garten vorbeigegangen waren, hätten staunend über den Zaun gesehen, den großen Käfer bewundert und entzückt gelächelt.

Im Alter von fünf hatte er mit Mama und seinem besten Freund Henri Kekse gebacken, die aussahen wie Marienkäfer. Sie hatten die Kekse mit den Nachbarskindern geteilt und alle waren von dem roten und schwarzen Zuckerguss begeistert gewesen.

Selbstverständlich hatte Mama zur Einschulung Oskars Schultüte mit Marienkäfern verziert. Damit seine kleine Schwester nicht traurig war, hatte Oskar darauf bestanden, für sie noch eine zweite, kleinere Schultüte mit Käferchen darauf zu basteln.

Mit sieben hatten Oskar und seine Freunde aus der zweiten Klasse die Marienkäferbande gegründet und dafür gesorgt, dass Hugo aus der vierten Klasse die kleine Maja aus der ersten Klasse nicht mehr an den Haaren zog und ihr böse Worte hinterherrief.

Oskar hatte die Erfahrung gemacht, dass er Menschen auf viele unterschiedliche Arten glücklich machen konnte. Er musste aufmerksam sein und darauf achten, was sie brauchten. Oskar liebte das Gefühl, einem anderen Menschen zu helfen oder ihm eine Freude zu bereiten.

Als Oskar eines Morgens zur Schule kam, bemerkte er den niedergeschlagenen Gesichtsausdruck seiner Freundin Nia.

„Was ist mir dir?", fragte Oskar.

„Meine Oma ist am Wochenende gestorben und ich bin sehr traurig", erklärte Nia. „Ich hätte ihr gerne noch so vieles erzählt. Dass ich das Reitturnier am Samstag gewonnen habe und dass ich eine Zwei in Mathe geschrieben habe, obwohl ich solche Angst vor der Mathearbeit hatte." Nia seufzte. „Aber es war leider keine Zeit mehr dafür. Und nun ist sie nicht mehr da." Tränen liefen über ihre Wangen.

Oskar dachte nach. Er spürte, wie unglücklich Nia war und dass er ihr helfen wollte. Aber nicht jedes Problem ließ sich mit einem selbst gemalten Bild und Keksen lösen.

„Du könntest deiner Oma einen Brief schreiben", sagte er vorsichtig.

Nia wischte die Tränen aus ihrem Gesicht. „Aber wohin soll ich den schicken?"

„Dahin, wo du glaubst, dass deine Oma jetzt ist."

„Ich habe sie so lieb gehabt, sie muss einfach im Himmel sein. Aber wie soll der Brief zu ihr kommen? Gibt es Himmelsbriefkästen? Und wie kann ich den Brief dorthin bringen?" Nia begann erneut zu weinen und Oskar erkannte, dass er einen Weg finden musste, sie wieder glücklich zu machen. Er wusste zwar noch nicht, wie, aber er bat Nia, den Brief an ihre Oma zu schreiben.

Am Nachmittag trommelte er die Marienkäferbande zusammen. Es musste einen Weg geben, Nias Brief in den Himmelsbriefkasten zu werfen. Ideen gab es in der Bande reichlich.

„Wir schießen den Brief mit einer Zwille in den Himmel.“

„Lasst uns aus dem Brief einen richtig schnittigen Papierflieger falten und den schießen wir hoch.“

„Wir bauen einen Drachen und kleben den Brief darauf. Damit kann er in den Himmel fliegen.“ Aber Oskar schüttelte jedes Mal den Kopf. „Nein, das ist nicht hoch genug“, meinte er.

Erst die letzte Idee konnte ihn überzeugen. „Wir binden ihn an einen Luftballon und lassen ihn steigen.“

„Das ist es!“, rief Oskar. „So machen wir es. Wir lassen einen Ballon steigen. Aber keinen gewöhnlichen Gasballon, sondern einen Heißluftballon! Und dieser Ballon soll wie ein Marienkäfer aussehen.“

„Wie ein Marienkäfer?“, fragten die anderen.

„Natürlich!“, nickte Oskar. „Schließlich sind wir die Marienkäferbande. Und nur ein Marienkäfer kann so etwas vollbringen.“

Der Rest der Bande war begeistert von der Idee und nun galt es, sie in die Tat umzusetzen. Mithilfe von Oskars Mama schafften sie es tatsächlich, einen Heißluftballonfahrer ausfindig zu machen, dessen Ballon die Form eines Marienkäfers hatte. Denn nur der würde tatsächlich in der Lage sein, einen Brief in den Himmel zu Nias Oma zu befördern. Der Fahrer des Ballons erklärte sich bereit, Oskar und Nia mit an Bord zu nehmen, denn Nias Geschichte und Oskars Leidenschaft für Marienkäfer rührte ihn.

Eines Tages, als das Wetter stimmte und der Wind günstig war, starteten sie. Oskar, Nia und die Bande beobachteten gespannt, wie der riesige Ballon langsam aufgeblasen wurde. Aus dem unförmigen roten Päckchen erhob sich langsam ein riesiger Käfer mit schwarzen Punkten und großen, freundlichen Augen.

Nia, Oskar und der Ballonfahrer kletterten an Bord des Korbes und winkten den anderen zu, während sie abhoben. Der Wind und der Gasbrenner des Ballons trugen sie immer höher und höher. Nia hielt den Brief an ihre Oma, der in einem gelben Umschlag mit der Aufschrift *An Oma im Himmel* steckte, fest in der Hand. Darin stand alles, was ihr kleines Herz bewegte.

Sie kamen den Wolken immer näher und näher, und als sie den höchsten Punkt erreicht hatten, gab der Ballonfahrer Nia ein Zeichen. Sie schloss die Augen, ergriff Oskars Hand und warf den Brief in den Wind. Er trudelte zunächst in Richtung Erde, doch als eine Böe ihn plötzlich erfasste, trug der Wind ihn beinahe senkrecht in die Höhe. Er wirbelte in konzentrischen Kreisen immer weiter nach oben, bis er schließlich über dem Ballon verschwand und nicht mehr zu sehen war.

Nia öffnete die Augen wieder und konnte den gelben Umschlag nirgends wo mehr erblicken. „Meinst du, der Brief ist nun auf dem Weg zu meiner Oma?"

Oskar nickte. „Ja, das glaube ich auf jeden Fall. Wir sind schließlich mit einem Marienkäfer unterwegs. Marienkäfer können Wunder vollbringen. Das weiß ich genau."

Nachdenklich blickte Nia in die Wolken, während sie langsam wieder an Höhe verloren. Sie landeten auf einer Wiese. Als der Korb des Ballons sich zur Seite neigte, purzelten Nia und Oskar mit geschlossenen Augen über den Rasen. Als sie die Augen öffneten, landete direkt vor ihnen ein Marienkäfer im Gras.

„Siehst du, es hat funktioniert. Dein Brief ist angekommen und der Käfer ist das Zeichen. Ich wusste es", sagte Oskar.

Nias strahlender Blick bestätigte ihm, dass es dem Marienkäfer wieder einmal gelungen war, einen Menschen glücklich zu machen.

Andrea Nesseldreher *ist 47 Jahre alt und schreibt am liebsten lustige und spannende Geschichten für Kinder, die sie als Erstes ihren beiden Söhnen vorliest. Mit ihrer Familie lebt sie in Mittelhessen und reist gerne jeden Sommer ans Meer. In ihrer Freizeit spielt sie Theater, singt und macht Stadtführungen.*

Schwein gehabt

Auf einem Bauernhof leben ja bekanntlich sehr viele Tiere. Die meisten davon in einem Stall. Es gibt dort Hühner, Gänse, Kühe, Schweine, Schafe, Enten und Pferde, manchmal aber auch kleine Ponys. Auf diesem ganz besonderen Hof lebte ein kleiner Junge mit seinen Eltern und den älteren Geschwistern. Sie besaßen einen Garten, in dem Gemüse und Obst angepflanzt wurde. Die Bauernfamilie war also Selbstversorger. Das Fleisch kam allerdings nicht von den eigenen Tieren, sondern von einem nahegelegenen Nachbarhof. Der Grund hierfür ist ganz einfach erklärt: Der eigene Hof war ein Gnadenhof. Hier befanden sich zum größten Teil Tiere, die entweder ausgesetzt oder abgegeben worden waren, weil man sie nicht mehr wollte oder sie alt und krank waren.

So war es auch mit dem Eber Eberhardt. Das Schwein fanden die Bauersleute angebunden an einem Pflock außerhalb des Hofes. Es hatte Schrammen und Kratzer am ganzen Körper. Wohl genährt war es ebenfalls nicht. In diesem Zustand wollten die Hofbesitzer das Schwein nicht zurücklassen und nahmen es kurzerhand mit. Ihnen war es egal, wem dieses Tier gehörte. Sie wollten nur, dass es ihm gut ging. So kam es, dass Eberhardt auf dem Gnadenhof landete, wo er sich auf Anhieb wohlfühlte. An diesem Tag hatte er zum ersten Mal Schwein gehabt.

Inzwischen war viel Zeit vergangen. Eberhardt hatte merklich an Gewicht zugelegt und es ging ihm zunehmend besser. Vor allem der kleine Junge hatte es dem Eber angetan, das merkten dessen Eltern deutlich. Jedes Mal, wenn ihr Sohn in den Stall kam, grunzte Eberhard fröhlich.

Eines Tages erlebte der Junge eine unglaubliche Überraschung. „Hallo, Junge, komm doch mal her zu mir."

Erschrocken blickte er sich um. „Wer hat das gerade gesagt?"

Die Antwort kam sofort: „Ich, der Eber Eberhardt, mein Junge.

Komm näher, ich tu dir garantiert nichts." Wieder zuckte der Junge zusammen. Er starrte das Schwein erstaunt an.

„Nur Mut. Komm her. Dann kann ich dich besser sehen. Denn meine Augen sind schon lange nicht mehr so gut."

„Wie bitte? Seit wann kann denn ein Schwein sprechen?"

„Das kann ich dir nicht sagen, mein Junge."

„Ja, aber wieso kannst du sprechen?"

„Keine Ahnung, ich kann es eben."

„Okay, Eberhardt. Aber ich bin gerade ganz schön erschrocken."

„Das habe ich gemerkt, Junge."

„Aha, woran denn, du bist doch kein Mensch?"

„Mein Instinkt hat es mir gesagt. Du musst wissen, wir Schweine sind nicht dumm, wie viele fälschlicherweise denken."

„Ich nicht, Eberhardt. Aber sag doch nicht immer Junge zu mir, mein Name ist Fabian."

„Das kann ich mir gut merken. Bin ja nicht dumm, wie gesagt."

„Oh, jetzt müssen wir aufpassen, Papa kommt in den Stall! Tu so, als ob du ein ganz normales Schwein wärst."

„Kein Problem, Fabian, das kriege ich hin."

„Du bist cool."

„Vielen Dank."

Der Vater entdeckte den Sohn sogleich und lief zielstrebig auf ihn zu. „Ach, da bist du ja. Ich habe dich schon gesucht."

„Ich habe meine Hausaufgaben schon lange gemacht. Mama war zufrieden. Also bin ich gleich in den Stall."

„Ich brauche kurz deine Hilfe, denn alleine kriege ich das nicht hin."

„Ist gut, ich komm mit."

Nach getaner Arbeit lief der Junge schnurstracks zu Eberhardt zurück.

„Da bist du ja wieder", rief der Eber, „das ist wundervoll. Habe schon gedacht, ich muss eine Vermisstenanzeige aufgeben."

„Mein Papa hat mich gebraucht, da habe ich ihm geholfen."

„So soll es auch sein, Fabian. Denn daran merkt er, dass du Interesse am Hof hast."

„Na ja, eigentlich nicht so wirklich. Aber an den Tieren liegt mir schon etwas. Vielleicht werde ich irgendwann Tierarzt."

„Das wäre ein guter Beruf, oink."

„Ja, finde ich auch, Eberhardt.“

Indessen kam Fabians Vater näher und grinste vor sich hin.

„Papi, wieso schmunzelst du so?“

„Das wirst du schon noch erfahren. Ich mach mich mal wieder an die Arbeit, du kannst noch etwas bei unserem Schwein bleiben.“

„Muss ich nichts mehr helfen, Papa?“

„Nein. Den Rest können Mama und ich alleine erledigen.“

„Du kannst mich ja rufen, wenn ich helfen soll.“

„Mach ich.“ Der Vater verließ den Stall.

„Puh, das war knapp, Eberhardt. Aber wie!“, rief Fabian.

„Nein, war es nicht, Fabian. Denn dein Vater weiß Bescheid. Er versteht jedes einzelne meiner Worte.“

„Aber wieso sagt er mir das nicht?“

„Weil er glaubt, du hast es von ganz alleine herausgefunden. Dabei habe ich etwas nachgeholfen.“

„Na ja, und ich dachte schon, ich hätte Schwein gehabt, wie damals du, Eberhardt.“

„Tja, Fabian, wenn ich nicht hier gelandet wäre, wer weiß, ob wir uns jemals kennengelernt hätten. Das wäre schade gewesen.“

„Wissen eigentlich meine Schwestern davon?“

„Nein, tun sie nicht. Sie dürfen es auch nicht mitbekommen, wenn du mit mir redest, sie würden sonst denken, dass ihr zwei verrückt seid und in die Klapse gehört.“

„Oje, das will ich natürlich nicht.“

„Das weiß ich, Fabian. Aber deine Mutter weiß Bescheid, dass ihr beide diese Gabe habt.“

„Welche Gabe? Was meinst du?“

„Na ja, dass ihr mich versteht und vielleicht auch die anderen Tiere hier im Stall. Ich weiß es nicht.“

„Das habe ich noch nie getestet, muss ich zugeben. Aber vielleicht will ich das auch nicht.“

Allmählich wurde es dunkel und Eberhard, der stolze Eber, langsam müde. „Es war ein langer Tag, Fabian, geh jetzt ins Haus. Wir sehen uns morgen wieder, nach deiner Schule.“

„Ist gut, Eberhardt. Ich werde noch etwas essen und dann ein wenig mit meinen Eltern zusammen spielen“

„Gute Nacht, kleiner Freund. Bis morgen.“

„Ach, eins noch. Heute haben wir beide Schwein gehabt.“
„Oh ja. Gute Nacht.“
Im Stall kehrte Ruhe ein, und Fabian lief zufrieden ins Haus. Wenig später träumte er von dem märchenhaften Tag mit seinem neuen Freund, dem Eber Eberhardt, dessen Quieklaute für ihn auf wundersame Weise zu verständlichen Worten geworden sind.

Alexandra Dietz ist Jahrgang 1977 und wurde in Pforzheim geboren, wo sie seit einigen Jahren auch wieder lebt.

Das Märchen vom schwarzen Schaf

Es war einmal eine Schafherde, die stand Tag ein, Tag aus auf einer großen Weide und mampfte vor sich hin. Wenn die eine Ecke der Weide leergefressen war, stampften die vollgefressenen Schafe in die nächste Ecke und fraßen gemütlich weiter. Nur wenn es ein Gewitter gab oder die Sonne vom Himmel brannte, stellten sie sich in ihren Unterstand und kauten wieder, bis der Regen aufhörte oder die Sonne hinter den Wolken verschwand.

Von oben betrachtet sahen die Schafe aus wie kleine, dreckige Wollknäuel auf vier Beinen. Wobei man die Beine gar nicht sah unter den vollgefressenen Bäuchen.

Eines Tages brachte der Schäfer ein neues Schaf auf die Weide. Als die anderen Schafe es sahen, liefen sie, so schnell ihre dicken Bäuche und die kurzen Beine es zuließen, auf einen Haufen zusammen und begannen laut und ängstlich zu blöken. Das neue Schaf war komplett schwarz! Von Kopf bis Huf, von Schnauze bis Schwanz – komplett schwarz! Nur seine Augen leuchteten strahlend in allen Farben des Regenbogens aus dem schwarzen Gesicht.

Nun muss man wissen, dass das schwarze Schaf nicht wusste, dass es schwarz war. Es hatte sich noch nie in einem Spiegel gesehen und auch noch nie andere Schafe gesehen. Seine Mutter war nach seiner Geburt plötzlich verschwunden und der Schäfer hatte es gefüttert und gewärmt, bis das schwarze Schaf groß genug war, um zu den anderen Schafen auf die Weide zu kommen.

Fröhlich sprang das schwarze Schaf auf die weißen Schafe zu und schrie dabei: „Halli, hallo! Da bin ich! Ist das schön, euch endlich kennenzulernen. Der Schäfer hat mir schon viel von meinen Brüdern und Schwestern erzählt."

Die weißen Schafe kauerten sich noch enger zusammen und ihr Blöken wurde immer lauter und ängstlicher. „Mähähä! Mähähä!"

Ein mutiger Schafbock trat aus der Gruppe und stellte sich

vor das schwarze Schaf. Drohend schüttelte er seine Hörner und blökte wild. „Mähä! Mähä!"

Das schwarze Schaf blieb stehen und blickte ihn verwundert an. „Sag mal, bist du erkältet? Du klingst so heiser. Ich verstehe dich nicht." Langsam ging es einige Schritte auf den Schafbock zu. Der verlor augenblicklich seinen ganzen Mut und sprang zurück in die Herde.

Das schwarze Schaf wurde traurig. Eine Träne kullerte aus seinem linken, bunten Auge, fiel zu Boden und dort, wo die Träne auf das Gras fiel, wurde alles ganz bunt! Als hätte jemand Konfetti verstreut! Eine zweite Träne tropfte zu Boden und machte noch mehr Konfettigras. Das war zu viel für die grauweißen Schafe und sie rannten laut blökend zu ihrem schützenden Unterstand.

Nun war das schwarze Schaf ganz allein auf der Weide, denn auch der Schäfer war auf seinen Traktor gestiegen und weggefahren. Immer mehr Tränen kullerten ins Gras und bald stand das schwarze Schaf mitten auf einem großen bunten Grasflecken. Es wurde müde vom Weinen und Traurigsein, legte sich hin und schlief ein.

Während es schlief, kamen die grauweißen Schafe vorsichtig aus ihrem Unterschlupf heraus. Sie rochen an dem bunten Gras, kosteten davon und blökten zufrieden. Dieses Gras schmeckte viel saftiger und süßer als das eintönig grüne Gras. Der mutlose Schafbock wurde wieder mutig und stapfte so nah an das schwarze Schaf heran, dass er es beschnuppern konnte. Er schüttelte den Kopf, um den anderen Schafen zu sagen, dass dieses komische Schaf nicht anders roch als die anderen. Dann stupste er mit seiner Schnauze leicht gegen das schwarze Fell und schüttelte wieder den Kopf, um den anderen Schafen zu sagen, dass sich die Wolle dieses komischen Schafs nicht anders anfühlte als die Wolle der anderen Schafe. Der Schafbock wurde noch mutiger und zwickte mit seinen Zähnen ein Stück Wolle vom schwarzen Schaf. Das war nicht so klug.

„Aua!", schrie das schwarze Schaf und sprang auf. Sofort lief der weiße Bock zurück zu den anderen und kauerte sich ängstlich in die Herde.

„Sag mal, spinnst du?!", rief das schwarze Schaf. „Warum beißt du mich? Ich habe dir doch gar nichts getan?" Es drehte seinen

Kopf so weit nach hinten wie möglich, um zu sehen, wo der Bock ein Loch in das schwarze Fell gebissen hatte.

Und da bekam auch das schwarze Schaf große Augen! Unter der schwarzen Wolle leuchtete seine Haut bunt wie ein Regenbogen! Vorsichtig knabberte es noch mehr schwarze Wolle ab und bald war es ein halbe-halbe Schaf. Halb schwarz, halb Regenbogen. Jetzt wollte es ganz bunt werden, aber konnte mit seinem Maul nicht alle schwarzen Stellen erreichen. Suchend blickte es sich um und fand am Ende der Weide einen alten, knorrigen Baumstumpf. Seine Rinde war rau und das schwarze Schaf fing an, sich am rissigen Holz zu reiben. Immer mehr schwarze Wolle fiel zu Boden und wurde vom Wind weggeweht. Und auch wenn es ziemlich wehtat, konnte das schwarze Schaf nicht aufhören. Es wollte ganz bunt werden. Es war ihm auch egal, dass die weißen Schafe verwundert ihre Köpfe schüttelten.

Und dann war es geschafft! Strahlend bunt stand das neue Schaf auf der Weide und reckte seine Nase in die Sonne. Die warmen Strahlen ließen den Schmerz schnell vergehen und wie durch ein Wunder war schon nach wenigen Minuten auf der bunten Haut ein leichter, genauso bunter Wollflaum gewachsen.

Die weißen Schafe mussten ihre Augen schließen, so hell strahlte das bunte Schaf. Und weil sie die Augen geschlossen hatten, konnten sie natürlich nicht davonlaufen und blieben mit zitternden Beinen stehen. Plötzlich begann es in den Bäuchen der weißen Schafe zu gluckern und eins nach dem anderen fing an laut zu rülpsen. Mit jedem Rülpser blubberten bunte Blasen aus ihren Mäulern. Bald war die ganze Herde eingehüllt in eine große Wolke bunter Blubberblasen. Diese zerplatzten und färbten die Wolle der weißen Schafe in allen Regenbogenfarben.

Das bunte Schaf lachte fröhlich und rief: „Das kommt bestimmt von dem bunten Gras, das ihr gefressen habt. Jetzt sehen wir alle gleich aus!" Es sprang zu den anderen Schafen. „Nein! Wir sind doch nicht alle gleich! Schau mal, du hast einen roten Fleck auf der Stirn und du hast den roten Fleck am Rücken und du ...," lachend stupste es dem Schaf neben ihm auf die Schulter, „... hast den roten Fleck auf deinem Popo, hihihihi!" Dann ging es zum mutigen Bock und zwinkerte ihm zu. „Und du hast mehr grüne als rote Flecken. Die stehen dir aber besonders gut."

„Danke“, sagte der Bock und erschrak.

„Hey! Du kannst ja plötzlich meine Sprache!“, rief das neue Schaf.

„Ja! Und das fühlt sich gut an“, antwortete der Bock. „Ich heiße Anton. Und du?“

„Ich heiße Klara. Schön, dich kennenzulernen, Anton.“

„Hallo Klara! Ich heiße Trudi!“

„Und ich bin Wölkchen“, rief das Schaf mit den vielen rosa Flecken.

„Ich bin Klaus!“

„Ludwig!“

„Caroline!“

Ein Schaf nach dem anderen rief seinen Namen in die Herde und kurz darauf war die Luft erfüllt mit lustigem Schafgeplapper.

Klara und Anton gingen zu dem großen Baum, der mitten auf der Weide stand, und legten sich in den Schatten.

„Warum kann ich dich jetzt verstehen?“, fragte Anton. „Und du mich?“

„Weil du jetzt nicht mehr mit dem Kopf sprichst und zuhörst, sondern mit dem Herzen“, antwortete Klara und stupste ihn liebevoll auf sein Maul.

Anton schüttelte seine Hörner. „Lass das!“, brummte er verlegen, grinste aber dabei. „Mit dem Herzen reden? Wie soll denn das gehen? Ich rede mit meinem Maul und höre mit meinen Ohren.“

„Du musst nicht alles im Leben verstehen“, antwortete Klara und blickte mit ihren bunten Augen zum blauen Himmel, „es reicht, wenn du daran glaubst, dass es funktioniert.“

„Na, da habe ich jetzt aber Glück gehabt“, brummte Anton zufrieden und drückte Klara einen dicken Schmatzer auf ihr regenbogenbuntes Schafmaul.

Karina Maria Baumann, 52 Jahre, Steyr, Oberösterreich, Gründungsmitglied vom „textQuartett“; Veranstalterin von kreativen Schreibworkshops unter dem Namen „freitexten“; Mitglied des Kabarett-Duos „Herz gegen Hirn“ – ich bin das Herz; sarkastische Textschreiberin unter dem Pseudonym „Stinkefingerrebell“ und im Brotberuf Immobilienassistentin.

Die Suche des Glücks

Eines Tages saß das Glück auf einem Stein und starrte in den Abgrund vor sich. Der Fels war brüchig, der lange Regen hatte ihn gelockert. Brocken lagen verstreut im Tal. Dort grasten Kühe zwischen den Felsen. Sein Blick fiel auf den Horizont. Dort stieg langsam die Sonne auf, schaute hinter der großen fernen Stadt hervor. Sie warf erste Strahlen durch die Hochhäuser und Schatten auf die kleinen.

Das Glück hatte nicht geschlafen. Seit Tagen drehten sich seine Gedanken im Kreis. Nachts war es ziellos gelaufen, immer weiter, ohne zu stoppen. Hinaus aus der Stadt, weg von den Lichtern. Auf dem Aussichtspunkt war er dann gelandet. Seine Beine baumelten von dem Felsen, auf dem es saß. Es fehlte nicht viel, um in den Abgrund hinunterzufallen.

„He Glück, was machst du hier oben?", rief eine Stimme hinter ihm. Er drehte sich um und keine fünf Zentimeter vor seinem Gesicht starrten ihn die tiefschwarzen Augen eines Hundes an. Dessen Zunge hing aus der Schnauze, er hechelte laut.

„Ach, du bist es, Toni", sagte das Glück erleichtert. Es hoffte, dass der Hund sich schnell verziehen würde.

Doch der hüpfte aus dem Stand heraus zu ihm auf den Felsen hinauf. „Herrlicher Anblick. Vor allem um die Uhrzeit!"

„Was willst du?"

Der Hund legte den Kopf schief und musterte das Glück. „Alles in Ordnung?", fragte er. „Du scheinst nicht glücklich zu sein!"

Wäre das Glück nicht so müde, hätte es den Spruch witzig gefunden. Es antwortete nicht sofort: „Ich konnte nicht schlafen, deshalb bin ich herumgelaufen."

Toni gab sich mit der Antwort nicht zufrieden. „Erzähl doch. Irgendetwas bedrückt dich! Das sehe ich doch!"

Mit verschränkten Armen erzählte das Glück dem Hund, dass es von einer Art Traurigkeit aufgefressen wurde. „Ich weiß nicht, woher das kommt. Von Tag zu Tag fällt es mir schwerer, glücklich zu sein. Und jetzt sitze ich hier und überlege, zu springen. Ist das nicht verrückt?"

„Das ist verrückt", stimmte Toni ihm zu. „Und deshalb liegt es an uns, dir zum Glücklichsein verhelfen! Komm mit!"

Schneller als das Glück reagieren konnte, sprang der Hund vom Felsen und rannte den Weg entlang. An der Kreuzung hielt er an und wartete. Das Glück warf einen letzten Blick auf den Sonnenaufgang, seufzte und erhob sich. Es lief Toni nach, der führte sie in die große Stadt zurück.

Sie erreichten die ersten Häuser. Toni lief hin und her, schnüffelte an Laternen und am Müll. Das Glück war sich sicher, dass es nie in diesen Gassen gewesen war.

Erst als sie um die Ecke bogen, kam es ihm bekannt vor. Sie standen an der langen Einkaufsstraße. Menschen hasteten vorbei, trugen Tüten aus den Läden. Es war heiß, die Sonne bündelte ihre Kräfte auf den Boden hinab. Toni führte das Glück weiter, die Straße hinauf. Auf dem großen Marktplatz an der Kirche plätschert der neue Brunnen vor sich hin.

„Warum sind wir hier? Die Menschen haben doch keine Zeit!", schimpfte das Glück.

Toni hörte ihm nicht zu, sprang auf den Rand des Brunnens. Er schlabberte Wasser. Seine Schnauze triefte, das Fell war nass, als er sich umdrehte. „Hat das gutgetan! Aber schau dich um. Was siehst du?"

Das Glück schaute sich um. Es sah ein kleines Kind mit kurzen Hosen und einem Marvel T-Shirt. Sein Eis war auf den Boden gefallen und schmolz zu einer weiß-roten Pfütze. Tränen liefen über sein Gesicht, der Mund öffnete sich zu einem Schrei.

Toni stupste das Glück an. „Na los, hilf ihm. Du weißt schon, wie früher", sagte er und nickt ihm aufmunternd zu.

Das Glück starrte auf seine Hände, dann auf das Kind. Es heulte und schrie und stampfte mit dem Fuß auf den Boden. „Ich weiß nicht mehr, wie das geht", murmelte das Glück so leise, dass selbst Toni Mühe hatte, es zu verstehen. Eine Träne lief seine Wange herab.

„Doch, klar weißt du das!", schimpfte Toni, packte das Glück und schüttelte es. „Du gibst ihm ein Kleeblatt!"

Das Glück sah ihn an, wusste nicht, was er tun sollte. Sekunden später fiel es ihm ein. Seine Hände formten eine Kugel, ein grünes Licht erschien und dann hielt er ein vierblättriges Kleeblatt in der Hand. Er schaute es an, drehte es hin und her.

„Stark! Ich wusste, du kannst es! Na los, gib es dem Kind. Komm schon, du kannst das!"

Das Glück hatte Angst. Sie schoss durch seine Adern, hielt ihn starr fest. Es fing an zu zittern. Toni stupste es wieder an. Groß waren die Augen, sie strahlten Zuversicht aus. Dann atmete das Glück noch einmal tief ein und aus. Es rutschte vom Rand des Brunnens hinab. Mit tapsigen Schritten lief es auf das Kind mit dem Marvel T-Shirt zu und streckte ihm das Kleeblatt entgegen. Ein Lächeln huschte über das tränenverschmierte Gesicht des Kindes.

„Das ist schön!", sagte es und nahm es in die Hand. Sein Gesicht strahlte, als es den Duft des Kleeblattes wahrnahm. Saftig und grün. Unbewusst musste das Glück selbst lächeln. Es machte ihn schon fast glücklich. Ohne nachzudenken, formte er das nächste Kleeblatt in seinen Händen. Ein anderes Kind war gestürzt und stand wieder auf. Sein Knie hatte eine große Schürfwunde. Das Glück eilte zu ihm und drückte ihm das Kleeblatt in die Hand. Als dieses die Pflanze in der Hand hielt, fing es an, zu lachen. Die Schramme war vergessen. Das berührte das Glück. Es schaute nach unten, verlegen, ein grüner Punkt erschien auf seinem sonst grauen Körper.

„Toni!", rief das Glück panisch. „Was passiert da?"

Der Hund sprang sofort los, kam zu ihm gerannt. Er lachte erst einmal, bevor er zu einer Antwort ansetzte. „Du bekommst deine Farbe, dein Strahlen wieder zurück. Es macht dich glücklich, wenn andere glücklich sind. Siehst du die alte Dame dort drüben am Tisch? Sie sieht so traurig aus. Bring ihr doch auch ein Kleeblatt. Und dem jungen Herrn, der seinen Kaffee umgestoßen hat! Und dann schau, was passiert."

Tonis weise Worte gaben dem Glück Mut. Es holte zwei weitere Kleeblätter hervor und lief geradewegs auf die ältere Dame am Tisch. Sie nahm mit der Gabel ein Stück vom Kuchen und legte sie auf die Seite, ohne zu essen. Das Glück schaute sie an und hielt ihr das Kleeblatt hin. Sie begann zu strahlen und nahm es ihm ab. Ein leises „Danke" hörte das Glück, bevor es sich umdrehte. Kaffeeflecken zeigte ihm, wo der junge Herr stand. Seinen Becher hatte er aufgestellt. Er war dennoch wütend. Sein Fleck auf dem Hemd wurde größer.

„Was willst du?", schimpfte der Mann. Als er das ihm hingestreckte Kleeblatt erblickte, huschte über sein Gesicht ein leichtes Lächeln. Das Glück erfreute das so, dass es rötlich anlief. Es wandte sich ab und rannte quer über den Platz zurück zu Toni. Seine Schnauze war feucht, als sie sich umarmten. Hunde waren eben die besten Freunde.

„Danke, Toni", flüsterte das Glück.

Der lachte nur und stupste ihn an. Mit einer einzigen Bewegung zauberte das Glück in einer Spirale Kleeblätter hervor und pustete sie in die Luft. Sie schauten ihnen nach. Der Wind trug sie in alle Richtungen davon und ließ sie in die Hände der Menschen fallen. Je mehr ankamen, desto grüner wurde unser Glück ...

Ann-Katrin Zellner lebt und arbeitet im wunderschönen Heidelberg. Die 26-Jährige hat bisher zwei Schwabenkrimis im Selfpublishing veröffentlicht, am dritten schreibt sie gerade. Vier Kurzgeschichten sind in verschiedenen Anthologien zu finden. Neben dem Schreiben liest Ann-Katrin Krimis und Thriller und arbeitet zu viel. Wenn es die Zeit zulässt, geht sie gern wandern und puzzelt große Puzzle.

Das Schnüffelschwein

Kennst du schon die Geschichte von Josef und seinem Wildschwein? Man erzählt sich Folgendes:

Vor vielen Jahren lebte am Waldrand ein junger Bauernsohn. Josef war sein Name. Er war ein beflissener Bursche und nicht ängstlich. Zum Holzsammeln ging er bis tief in den Forst hinein. Als eines Tages ein Wildschwein vor ihm stand, zögerte er nicht lange, griff nach dem Köcher, den er stets bei sich hatte, nahm einen Pfeil heraus und spannte den Bogen.

„Lass mich leben!", bat das Tier. „Du sollst es nicht bereuen."

Josef war doch sehr verwundert. Wie sollte ein Wildschwein ihm wohl nützlich sein, wenn nicht anders als ein köstlicher Braten? Doch die flehende Bitte des wilden Geschöpfs ergriff Josefs Herz. Er brachte es nicht fertig abzuschießen, und ließ das Tier ziehen.

Nun trug es sich zu, dass in jener Zeit die Prinzessin des Königreiches nach einem Freier Ausschau hielt. Sie machte bei ihrer Wahl zur Bedingung, dass nur derjenige sie von seiner Liebe überzeugen könne, der ihr seine wertvollste Kostbarkeit schenken würde, die ihr würdig genug erschien, um ihr Gemahl zu werden.

Viele Prinzen versuchten ihr Glück. Einige legten ihr ihr kunstvollstes schmiedeeisernes Schwert zu Füßen, andere ihren gesamten Goldschatz oder ihr schönstes Pferd. Jedes Mal begutachtete die Prinzessin die Gaben verächtlich. Nichts schien ihr gut genug.

Auch Josef hatte den Aufruf der Prinzessin vernommen. Als er wieder einmal Holz für den Kamin sammelte, setzte er sich betrübt auf einen Baumstumpf und überlegte. Er hatte nichts Wertvolles zu verschenken. Ganz im Gegenteil. Die Not im Dorf war groß nach den letzten Missernten.

„Wie töricht von mir, da von einer Prinzessin zu träumen", dachte er. Doch er wünschte sich schon lange eine gute Frau, und von der Prinzessin erzählte man sich, dass sie äußerst liebreizend wäre.

Als er so sinnend dasaß, tauchte plötzlich das Wildschwein von einst auf. Es kam auf ihn zu und fragte: „Was bedrückt dich Josef? Kann ich was für dich tun? Ich bin dir noch etwas schuldig."

Josef erzählte ihm von seinem Kummer. Das Tier sah ihn mit gütigen Augen an. „Ich will versuchen, dir zu helfen", sagte es. „Auch wenn du es nicht glauben magst, ich kann wertvolle Dienste leisten und Reichtum bescheren, weshalb es bedauerlich wäre, mich an die Prinzessin zu verschenken. Aber probiere es ruhig."

Josef lachte. Doch was hatte er zu verlieren? Also band er das Wildschwein an ein Seil und ging zum Schloss. Als er mit dem wilden Tier in zerschlissenen Sachen im prunkvollen Saal vor der Prinzessin stand, kam er sich ganz schäbig vor. Doch er sagte entschlossen: „Majestät, dieses Schwein ist von äußerst großem Wert, aber für euch trenne ich mich schweren Herzens von ihm."

Die Prinzessin musterte ihn und ihr Blick verfinsterte sich. „Du wagst es, Bauerntölpel? Was soll ich mit einem Schwein? Es taugt höchstens für ein Festmahl. Mehr hast du nicht zu bieten? Scher dich schleunigst davon. Du kannst von Glück sagen, dass ich dich nicht auspeitschen lasse."

Betrübt verließ Josef den prächtigen Palast wieder. „Wie herrlich hier alles ist", dachte er und kehrte mit dem Borstenschwein an seiner Seite in sein ärmliches Bauernhaus zurück.

„Sie ist es nicht wert", versuchte das Schwein, Josef zu trösten. „Warum soll ich ihr dienen, die undankbar ist und bereits mehr als genug hat? Ich will dir gehören. Komm, ich zeige dir ein Geheimnis."

So zog das Tier Josef in den Wald hinein. Tief ins Unterholz, wo sich auch der Tapferste nicht hinwagte. Dort begann das Schwein, mit seinem Rüssel im Boden zu schnüffeln und zu graben, und brachte ein paar dunkle Klumpen zum Vorschein. „Diese Knollen werden dir Wohlstand bringen, wenn du sie verkaufst", sagte das Wildschwein.

Josef sah das Schnüffelschwein ungläubig an. Solche runzligen Kugeln sollten ihm Glück bescheren? Undenkbar.

„Versuch's!", ermunterte ihn das Tier.

Und so brachte Josef die Knollen am nächsten Markttag zu

Henriette, der Tochter des Gemüsehändlers, und bat sie, die verschrumpelten Knorze für ihn zu verkaufen. Er bot ihr seinerseits Hilfe bei der Feldarbeit dafür an.

Am Abend klopfte die zierliche Händlerin zaghaft an Josefs Tür. Sie reichte ihm eine ganze Handvoll Münzen. Gesandte der Prinzessin hätten ihr alle Knollen abgekauft, sagte sie erfreut. Josef war über den ansehnlichen Erlös überrascht. Er ließ Henriette fröhlich ein und sie aßen zusammen Suppe.

In der folgenden Zeit hielten sie es weiter so. Das Wildschwein zeigte Josef, wo er die schwarzen kugelförmigen Pilze fand, die tief im Boden wuchsen, sodass sie niemand ohne Hilfe aufspüren konnte. Henriette verkaufte sie und brachte ihm wöchentlich die dutzendfachen Einnahmen und er unterstützte sie auf ihrem Hof.

Eines Tages aber kam die junge Magd aufgeregt herbeigelaufen. Söldner hatten sie bedrängt preiszugeben, woher die Knollenpilze kämen, denn die Prinzessin liebte diese seltene und wertvolle Köstlichkeit über alles und wünschte deren Quelle fortan für sich allein zu haben. Henriette hatte sich jedoch dumm gestellt, um Josef zu schützen, und beteuert, die schwarzen Kugeln zufällig beim Kartoffelausgraben entdeckt zu haben.

Josef rührte es zutiefst, als er dies hörte. Er mochte das liebreizende Mädchen schon lange. Nun aber zog er es zu sich heran, blickte ihm tief in die Augen und fragte: „Henriette, ich habe dich von Herzen gern. Möchtest du meine Frau werden? Mit den Gewürzknollen habe ich inzwischen einige Taler gesammelt. Wir könnten ein recht auskömmliches und schönes Leben zusammen haben." Henriette errötete. Dann schlang sie ihre Arme um seinen Hals.

Kurz darauf wurde ein großes Hochzeitsfest gefeiert. Josef verriet nun auch seiner Frau das Geheimnis von seinem schnüffelnden Wildschwein. Fortan verteilten sie die begehrten Knollen an alle Marktleute und erfanden abenteuerliche Geschichten über ihren Fundort, um die Abgesandten der Prinzessin in die Irre zu führen. Außerdem ging es den Leuten im Dorf durch den Verkauf des Gewürzes bald wieder besser, denn die Kunde vom schmackhaften Würzpilz hatte sich herumgesprochen und Käufer kamen von überall angereist. Von der Prinzessin hieß es aber, dass sie unendlich erbost darüber war, dass sie die Pilzvorkommen nicht

an sich bringen konnte. Sie war so verbittert, dass sie gedach-
te, nur noch denjenigen zum Manne zu nehmen, der ihr zeigen
konnte, wo die köstlichen schwarzen Knollenpilze wuchsen. Josef
schmunzelte, als er dies hörte und liebkoste seine Henriette. Sie
lebten gut und zufrieden und es fehlte ihnen an nichts. Sie bekamen liebe Kinder und streiften so manche Tage gemeinsam mit
ihrem Glücks-Wildschwein durch die Wälder.

Die Prinzessin hingegen blieb von Gram zerfressen für alle Zeiten einsam.

Und das geschah ihr ganz recht, wenn du mich fragst.

Dörte Schmidt *hat Kulturwissenschaft studiert, lebt derzeit in Win-
terthur (Schweiz) und hat bereits mehrere Märchen, Kinder- und
Kurzgeschichten in Anthologien veröffentlicht.*

Echt Schwein gehabt

Die Sonne schien hell vom meerblauen Himmel und Ella blickte sehnsuchtsvoll aus dem Fenster. Es war der letzte Schultag vor den Ferien und ihre Klassenlehrerin machte eine wahre Zeremonie aus der Zeugnisausgabe. Warum konnte sie nicht einfach die Zeugnisse austeilen und sie endlich in die Freiheit der Sommerferien entlassen?

„Ella." Ihre Banknachbarin stupste sie mit dem Ellenbogen an. Ella schaute Isa verständnislos an, die ihr stumm zu verstehen gab, dass ihre Klassenlehrerin sie scheinbar gerade aufgerufen hatte. Sie spürte, dass sie rot anlief. Schnell ließ sie ihre Haare leicht vors Gesicht fallen, bevor sie aufstand und sich ihr Zeugnis abholte.

Endlich klingelte es und die ganze Klasse stürmte nach draußen in die Sonne. „Treffen wir uns nachher mit den Hunden am Waldrand?", fragte Isa, als sie zum Bus liefen.

„Klar. Das schöne Wetter können wir uns doch nicht entgehen lassen", antwortete Ella.

„Super, bis dann", freute sich Isa und sie stiegen in den Bus, der gerade vorfuhr.

Zuhause angekommen, schnappte sich Ella die Hundeleine und rief nach ihrer Labrador-Hündin Sunny, die sofort angerast kam. Sich fast überschlagend, sprang Sunny im Flur herum und an Ella hoch, die sich schnell an der Wand festhielt.

„Jetzt warte doch mal, ich muss dich doch noch an die Leine nehmen", lachte sie.

Endlich beruhigte sich Sunny und ließ sich anstandslos an die Leine nehmen. Schnell trat Ella wieder in die wohlige Wärme der Sonne vor der Tür. Glücklicherweise war der Wald nicht weit und sie kam fast gleichzeitig mit Isa und ihrer Hündin dort an.

„Na, war Sunny auch so aufgedreht wie Cookie?", begrüßte sie Isa.

„Ja, sie konnte es auch kaum erwarten. Die beiden scheinen zu wissen, dass endlich Sommerferien sind."

Sie ließen die Hunde von der Leine und betraten den kühlen Waldweg. Die beiden Hunde tollten miteinander, blieben aber in der Nähe ihrer Frauchen. Ella und Isa unterhielten sich über ihre Ferienpläne und bemerkten erst gar nicht, dass ihre beiden Hunde stehen geblieben waren und an etwas herumschnüffelten. Erst als Cookie zu kläffen begann, wurden Isa und Ella auf die beiden aufmerksam.

„Was ist denn los, ihr zwei?", fragte Ella und eilte mit Isa zu den beiden Hunden.

Vorsichtig schoben sie Cookie und Sunny zur Seite. „Was ist das denn?", fragte Isa und griff nach einem Karton, der unter einigen Ästen versteckt lag.

„Keine Ahnung." Ella zuckte mit den Schultern.

Zum Glück war der Karton gut genug verschlossen, sodass die Hunde ihn nicht öffnen konnten. Ella erinnerte sich an einen Fall vor ein paar Monaten, bei dem sich ein Nachbarhund mit versteckten Rattengiftködern vergiftet und nur gerade so überlebt hatte. Bei dem Gedanken, Sunny oder Cookie könne auch so etwas zustoßen, wurde ihr ganz schlecht.

Unterdessen hatte Isa es geschafft, das Klebeband zu lösen, und begann, den Deckel abzunehmen. „Ach du meine Güte." Isa war blass geworden und schaute ungläubig in den Karton.

„Warum? Was ist denn los?", fragte Ella und beugte sich ebenfalls über den Karton. „Wer macht denn so etwas?" Ella war entrüstet.

In dem Karton saßen drei kleine Meerschweinchen, die sich in eine Ecke gedrängt hatten und nun leise zu quieken begannen.

„Nicht einmal Luftlöcher hat der Idiot in den Karton gemacht!" Isa war genauso fassungslos wie Ella. „Komm, wir müssen dringend mit den dreien zum Tierarzt."

Gesagt, getan.

Keine zehn Minuten später standen sie bei Ella zu Hause in der Küche und berichteten ihrer gerade von der Arbeit gekommenen Mutter von ihrem Fund.

„Halt, halt. Nicht so schnell und nicht alle auf einmal", stoppte ihre Mutter, als die beiden Freundinnen gleichzeitig begannen, zu erklären. Ella schaute Isa an, die nickte, und erzählte dann. Die Hunde hatten sich unterdessen in Sunnys großes Körbchen zurückgezogen. Das Interesse an der Box hatten sie schnell verloren, nachdem die Mädchen sie ein paarmal zurechtgewiesen hatten.

Als Isa geendet hatte, zögerte Ellas Mutter keine Sekunde und fuhr mit Ella, Isa und den Meerschweinchen zum Tierarzt. Der ließ sie sofort in den Behandlungsraum eintreten.

Nun wiederholte Ella alles, was Isa schon Ellas Mutter erzählt hatte.

„Das habt ihr gut gemacht", lobte der Tierarzt, als Ella geendet hatte. „Dann wollen wir uns die kleinen Findelkinder mal anschauen." Vorsichtig untersuchte er alle Meerschweinchen.

Gebannt verfolgten Ella und Isa alles. „Und, was ist mit ihnen?", fragte Isa angespannt.

„Die drei haben noch einmal echt Schwein gehabt, dass ihr sie gefunden habt. Sie sind kerngesund, aber in diesem Karton und allein im Wald hätten sie nicht lange überlebt. Die Kleinen brauchen nur ein wenig Liebe und was zu knabbern", antwortete der Tierarzt und blickte zu Ellas Mutter. „Haben Sie schon eine Idee, wo sie die Meerschweinchen unterbringen können?"

„Ähm, also …" Ellas Mutter wusste nicht so recht, wie sie anfangen sollte, als sie den bittenden Blick ihrer Tochter sah.

„Biiiitte", flehte Elle und auch Isa sah Ellas Mutter bittend an.

„Na gut. Sie können erst einmal bei uns zu Hause wohnen. Aber darüber, wie es weitergeht, reden wir noch mal ausführlich mit deinem Vater", fügte sie an Ella gewandt hinzu.

Erleichtert sahen sich Ella und Isa an. Irgendwie würde Ella ihre Eltern dazu bewegen können, dass die Meerschweinchen bei ihnen bleiben konnten.

Auf dem Rückweg hielten sie noch an einem Tierfachhandel und besorgten das Nötigste für die kleinen Schweinchen. Zu Hause suchten sie den alten Hasenstall im Keller und räumten ihn meerschweingerecht ein. Dann durften die drei endlich in ihr neues Zuhause einziehen. Sofort begannen sie, an ihrem Futter zu knabbern und ein paar Schlucke zu trinken.

„Schau nur, Mama, die drei fühlen sich bei uns pudelwohl. Sie müssen einfach hierbleiben", befand Ella und Isa nickte zustimmend.

„Regle das mit deinem Vater", ergab sich ihre Mutter kopfschüttelnd und ging in die Küche.

Sunny und Cookie hatten sich ebenfalls zu den Mädchen in den Garten gesellt, beachteten die Meerschweinchen aber nicht, sondern tobten über den Rasen.

„Meinen Vater bekomme ich schon noch rum." Ella zwinkerte Isa zu. „Die drei brauchen nur noch einen Namen."

„Wie wäre es mit Fiedler, Pfeifer und Schweinchen Schlau wie die drei kleinen Schweinchen aus Disney?", schlug Isa vor.

„Ne, bitte nicht", lachte Ella. „Wie findest du Krümel, Sunshine und Chocolat?"

„Das klingt gut. Da soll dein Vater noch einmal ein Argument gegen eure neuen Haustiere finden. Schließlich haben unsere Spürnasen die Kleinen gerettet, da kann er gar nicht Nein sagen."

Ella nickte und die Meerschweinchen raschelten zustimmend im Stroh.

Beatrice Dosch *ist 20 Jahre alt und wohnt in Leipzig. Sie studiert im 4. Semester Tiermedizin und hat schon zwei Bücher veröffentlicht: „Charlotta und Wolkenflug - Magisches Abenteuer" sowie „Zwischen Sommer, Heu und Weihnachten". Auch an mehreren Anthologieprojekten hat sie schon teilgenommen.*

Gerds Alter

Heute: zu Hause
Nachmittagssonne.

Drei Menschen sind anwesend: Gerd, ein Senior, der nur mehr mit Rollator durch die Wohnung fährt, der Bruder Karl, sportlich, hellwach und keine Siebzig – und dann kommt noch Franzy dazu, die immer Engagierte. Sie kommt möglichst oft zu Besuch bei Gerd.

Das eine grüne, abgewetzte Schlafsofa steht vor dem Fenster zur Straße. Die Wände sind voller Bücher. Gerds Gedanken fliegen nicht, sie zockeln auf den schmalen Straßen des Verstandes … Seine Körperlichkeit ist auch nicht mehr wie anno dazumal, aber er ist schon an die Achtzig. Und so ein wenig scheint sich bereits eine gewisse Krankheit breitzumachen, die zu nennen hier gar nicht nötig ist.

Gerds Stimmung ist recht gut, trotz dieser Belastung. Er lächelt, als Franzy – eine jüngere, agile Dame in Jeanskluft, blond und redegewandt – in der Tür steht. Auf seinem Schlafsofa, das ausgezogen ist, sitzt er wie so oft und hat einen Spruch auf den Lippen: „Hallo, mal wieder hier …!?"

Dies hört sie aber gern. Ihre Zeit verbringt sie mit sinnvollen Vorhaben, Aktionen und Menschen, die sie auch persönlich mögen. Der Mund-Nase-Schutz sitzt perfekt. Darauf legt sie in diesen Monaten den größten Wert; wie denn alle Gesundheitsfragen ihr schon immer ein wichtiges Anliegen waren. Die, die sie heute besucht hat, werden von ihr genommen, wie sie sind – als Menschen, die einen Menschen brauchen, weil sonst etwas verloren gehen könnte, nämlich die persönliche Zuwendung, das Gespräch, die Freundlichkeit eines offenen Miteinanders oder aber einfach praktische Hilfe, die nötig ist.

„Wie geht es denn heute, Gerd?", fragt sie zurück, setzt sich auf den Eichenstuhl mit blauem Lederbezug nicht weit von ihm entfernt, der das wohlwollend zur Kenntnis nimmt. Er lächelt. Erst einmal Stille, nichts weiter. Jedenfalls: Er freut sich über jeden ihrer Besuche, die auf zwei Tage in der Woche vereinbart wurden. Ob sie etwas mitgebracht hat?

Nach ein paar Minuten des Gegenübersitzens: „Mir geht es gut, wenn ich dich sehe, Franzy!" Und sie nickt mit einer natürlichen Freundlichkeit im Gesicht.

Karl bleibt zunächst im Hintergrund auf einem schwarzen Lederwürfel sitzen, in welchem Gerds Computerzubehör untergebracht ist. Er ist der jüngere Bruder Gerds und ist immer mal wieder gern zugegen, wenn Franzy vorbeischaut. Auch er kümmert sich rührend. So soll es sein. „He, Franzy!", ruft er zu ihr hinüber, sie begrüßt auch ihn.

Das nennt man wohl Geselligkeit.

Vor Jahren
Versagensängste kamen auf. Alles musste höllisch schnell gehen.

Es entwickelte sich alles zu Gerds Ungunsten, geschah unter großem Druck, Existenzdruck. Die Situation Gerds war, und er war eben schon ein Betagter, Alterfahrener, ganz unsicher. Denn mit seinem Kiosk konnte er nicht weitermachen. Er war durchaus ein Geschäftsmann, aber ein kleiner, seriöser – und er haftete legal mit seinem Privatvermögen für das, was sich an Schulden anhäufte. Es lief dann mit dem Kiosk wirklich monatelang nicht mehr. Die Kunden blieben aus.

Gründe dafür waren groß an der Zahl und durchaus vielfältig! Gerds finanzielle Rücklagen waren schnell aufgebraucht, es gab ihrer eh nur wenige. Die letzte Goldmünze musste versetzt werden. Manches wertvolle Andenken, das in einer Schublade oder an der Wand einen Platz gehabt hatte, verschwand im gierigen Rachen eines Second Hand Laden-Inhabers, der immer wieder in Gerds Büro auftauchte und nach käuflichen Dingen aus dem Privaten und Geschäftlichen fragte. Er hieß Pröttl. Sein Kopf war groß. Der Verstand war allerdings eher klein zu nennen. Nichtsdestotrotz übte er sich, es war bekannt, mit Erfolg im Ankaufen von Gebrauchtwaren.

Zu allem kam dann auch noch ein Herzinfarkt, von dem Gerd niedergestreckt wurde. Wochenlang war er an einen öden Kran-

kenhausalltag gekettet. Gerds kleiner Bruder Karl war allerdings
zur Stelle, um in der problematischen Gesamtsituation engagiert
zu helfen. Er übernahm manche unternehmerische Aufgabe, als
die Angestellten entlassen werden mussten. Der gröbste Unsinn
konnte vermieden werden!

Privates wurde schnell und still abgehandelt. Die Unternehmensauflösung war aber zuletzt auch ganz unvermeidlich. Dies
musste Gerd allerdings erst einmal verklickert werden. Denn er
hing als Mensch an seinem Kiosk. Die Auflösung sollte auf jeden
Fall sozial und unauffällig vor sich gehen. Dafür stand Karl – er
war clever und kompetent genug, alles für seinen Bruder zu erledigen!

Der Katalog der finanziellen Forderungen gegen Gerd nahm
ein bedrohliches Ausmaß an. Gut, dass Karl alles im Griff hatte!
Doch er hatte nur Teilprokura, musste schließlich Gerd mit dem
Wesentlichen direkt konfrontieren. So ging es monatelang über
einen schmalen Grat des Entscheidens und Handelns, um das
Schlimmste zu verhindern.

Was war das Schlimmste? Nun … gerade auch der Gerichtsvoll-
zieher Hergot, ein schlaksiger redegewandter Herr Mitte Fünfzig, kam des Öfteren bei Gerd in der Privatwohnung vorbei und
drohte mit Pfändung. Dies erfreute den guten Gerd nicht gerade! Es gab aber immerhin ruhige, einvernehmliche Gespräche.
Auch wenn Gerd manchmal ein zu lautes Wort riskierte … Die
Schulden konnte er teilweise abtragen. Seine Nerven wurden arg
strapaziert.

Ehefrau Gerti hielt die ganze Situation kaum noch aus. Gut,
dass sie vom Geschäft kaum etwas verstand! Sonst hätte sie ganz
schnell das Weite gesucht. Oder? Vielleicht auch wäre sie ihrem
Gerd gar nicht mehr von der Seite gewichen. In der Krisenzeit
kochte sie ihrem Gerd hauptsächlich Lieblingsspeisen, wenn-
gleich das Geld auch für diese eher knapp wurde. Die psychischen
Ablenkungen vom Alltag, der an sich infrage gestellt wurde, ge-
wannen an Wichtigkeit – Fernsehen, gymnastische Lockerungs-
übungen, Zeitunglesen. Hobbys hatte Gerd noch nie. Gerti
klopfte immer mal wieder einen coolen Spruch, um ihn aufzu-
heitern. Auf Dauer konnte das aber nicht reichen …

Gerds Lebensperspektive war – er war schon höheren Lebensalters, nämlich siebzig Jahre alt – mäßig. Ehefrau Gerti wurde kritischer und kritischer, verließ ihn schließlich. Sie hatte von allem genug: Probleme über Probleme, das ganze Leben unter der Abrissbirne!

Dass sie ihn verlassen hatte, drückte Gerd für Monate emotional zu Boden. Auch all die netten, normalen Freundschaften funktionierten nicht mehr wie früher. Mancher betrachtete ihn ganz einfach als Berufsversager, dann auch als gescheiterten Ehemann. Die Alterserscheinungen, ja auch die täglichen Folgen des Infarkts, beanspruchten viel Rücksichtnahme und Aufmerksamkeit sich selbst gegenüber.

Der Alltag wurde zunehmend zu einem anstrengenden Unterfangen, dem Gerd entfliehen wollte. Er wünschte sich aus diesem heraus. Er suchte Ausgleich in entspannenden Tätigkeiten, an die er jahrzehntelang gar nicht gedacht hatte, wie spazieren zu gehen, Shopping und mit dem neuen, jungen Collie Jonas zu spielen. Das war alles schlicht, aber tatsächlich schenkte es die eine oder andere kleine Freude. Im Seniorenklub *Früchte des Lebens* fand er in Hans-Jochen, einem Achtzigjährigen mit Klempner-Vergangenheit und viel Sinn für das Poetische im Leben, einen persönlichen Ansprechpartner. Das persönliche Gespräch wurde für Gerd immer wichtiger! Dafür stand übrigens Karl auch zur Verfügung.

Gerds Überlebenschancen auf dem Markt, egal auf welchem, tendierten schon angesichts des Lebensalters gegen Null. Es musste möglichst viel von dem, was im Bestand war, ins Private hinein gerettet werden – letztlich ins Rentnerdasein, denn das hatte längst begonnen. Er konnte heilfroh sein, Helfer an seiner Seite zu haben. Anders könnte man es heute nicht erinnern, es war einfach so. Franzy begann dann wirklich die Rolle als Retterin zu spielen.

Dass die Bekannte Franzy ihm dann auch noch mit eigenen Geldmitteln großzügig und immer zur Stelle aushalf, fand er sehr sozial und human. Sie kam vorbei, streckte ihm die Hand entgegen – und legte in die seine das Geld, was der Vollzieher des Grauens so haben wollte. Kaum zu glauben. Gerd konnte das nicht recht verstehen. Was bewog sie dazu? Nur Mitmenschlichkeit?

Sie wollte, dass er von der Abhängigkeit vom Geld loskam!

Denn: Das Geld dominierte Gerds Leben jahrzehntelang – bis zu der Unternehmensauflösung war er bloß, sogar noch bis vor Kurzem, ein Mensch des Geldes. Bis er endlich, insbesondere durch die Überzeugungskraft und die Argumente Franzys, von seinem Glauben an die Bedeutung des Geldes loskam.

Heute: schönes Zuhause!
Franzy dann: „Gerd, ich habe die Sonne mitgebracht!"
Und Gerd nickt.
Schlimmes ist jedenfalls schon seit Jahren vorüber. In Gerds Wohnung wird gelebt, es werden keine Probleme mehr gewälzt. Die Krankheiten lassen sich leicht beherrschen. Es muss über sie nicht immer wieder geredet werden!
Was sie können, das tun sie. Sie sind zusammen, darauf kommt es am meisten an. Das Einfache im Leben soll zur Geltung kommen: die einfachen Freuden, Menschen und Dinge.
Bruder Karl beobachtet jetzt Gerd und Franzy. Die Sonne lächelt ins Zimmer. Es ist Zeit für die Unterhaltung ... Aber Gerd hat keine Lust auf ein Gesellschaftsspiel. Franzy bringt immer wieder Spiele wie *Mensch ärgere dich nicht!* mit, um ihn zu beschäftigen. Das gehört zu ihren wichtigen Aufgaben. Hauptsache sei, dass Gerd Freude am Leben bekommt. Wie denn nicht durch Unterhaltsames?!
Franzy hat sich in sozialer Distanz zu Gerd gesetzt, was in Zeiten des Coronavirus ganz wichtig ist – und sie übt sich im freundlichen Stimmungsmachen. Das nunmehrige nette Gespräch kann immer gut weiterhelfen ... Es geht um dieses, um jenes: zum Beispiel das Kennenlernen von Gerti, der späteren Ehefrau. Die berufliche Lehre, die Gerd damals erfolgreich bestritt. Das Tanzengehen mit Gerti – aber auch mit früheren Freundinnen. Und wie geht es dem Hans-Jochen – ob er nicht mal wieder vorbeikommen könnte?! Es gab Chancen im Leben, nette Menschen, einfach gute Erfahrungen: Das Fotoalbum mit den alten Schwarz-Weiß-Fotos wird aus dem Schrank geholt.
Karl ruft zu den beiden hinüber: „Wie wäre es mit einem anständigen Schachspiel?" Aber Gerd ist wie immer dafür nicht zu begeistern. „Das kann ich nicht ausstehen, Karl, wann kapierst du das endlich!?", ruft er zu seinem Bruder. Dieser nickt lächelnd.

Franzy blättert im Fotoalbum. Gleich gehen sie vielleicht in den Garten …

Kay Ganahl: *Jahrgang 1963 mit dem Lebensmittelpunkt Solingen/ NRW, von Beruf Diplom-Sozialwissenschaftler und Schriftsteller, begann in jungen Jahren, sich mit Literatur, Politik und Philosophie auseinanderzusetzen, sodass es selbstverständlich war, diese Interessen mit dem Studium der Sozialwissenschaften an den Universitäten-Gesamthochschulen Wuppertal und Duisburg weiter zu verfolgen. Dort studierte er in der Studienrichtung Politische Wissenschaft schwerpunktmäßig politische Theorie und Philosophie, Ideengeschichte sowie Sozialphilosophie (Nebenfächer Soziale Arbeit/Erziehung und Psychologie).*

Unglückstag und etwas Positives

Freitag, der Dreizehnte, und morgens um sechs krabbelt an meinem Wecker eine Spinne entlang. Er dröhnt, aber solang sie da noch ist, traue ich mich nicht, ihn auszuschlagen. Ich stöhne auf. Es war ja irgendwie klar, dass mein Geburtstag zu einem Unglückstag werden würde. Konnte meine Mutter mich nicht früher entbinden? Oder einen Tag später?

Endlich kann ich den nervigen Ton beenden. Gemächlich krabbelt der Langbeinige meine Wand hoch zur Decke. „Ja, du lachst bestimmt", sage ich zu dem Tierchen und erhebe mich. Mein Weg führt mich ins Bad. Vorsichtig sehe ich in den Spiegel. „Puh", gebe ich von mir. Er ist heil geblieben.

Wenigstens etwas.

Nach der Katzenwäsche koche ich mir Eier. Mein Griff zum Salzstreuer geht daneben, stattdessen werfe ich ihn um. Innerlich fluche ich und würde mich am liebsten wieder im Bett verkriechen. Ich atme tief durch, beruhige meine Nerven und wische das Salz einfach auf. Mein Hunger ist mir vergangen. Der Herd wird ausgeschaltet und ich ziehe mich zügig an, vielleicht bringe ich diesen Tag so einfach schnell über die Runden. Aber schon, als ich hinauswill, stehe ich vor dem nächsten Unglücksbringer – einer Leiter.

„Guten Morgen", höre ich von draußen.

Mein Blick hangelt sich die feuchten Metallsprossen nach oben, ich sehe alte Lederschuhe und eine Jeans mit Farbklecksen. Aber die Stimme unseres Hausmeisters habe ich erkannt.

„Ihnen auch, Herr Jansen. Ist das nicht gefährlich, bei leichtem Regen die Elektronik zu machen? Oder überhaupt auf einer Leiter zu stehen?"

„Vor allem an so einem Tag", gebe ich in Gedanken hinzu.

Er lacht. „Das ist Aberglaube, Frau Krause?"

„Kann sein."

Wieder ist sein Lachen zu hören. „Genau wegen so etwas passiert etwas.“

„Vermutlich.“

„Sind Sie deswegen so früh schon unterwegs?“

„Nein.“

„Sie haben heute Geburtstag, wenn ich das recht in Erinnerung habe.“

„Sie täuschen sich nicht.“ Wie lange braucht er denn noch, ich will hinaus, aber gewiss nicht unter einer Leiter hindurch.

„Und heute groß feiern?“

„Weiß noch nicht, kommt darauf an, wie sich der Tag entwickelt.“

„Also doch abergläubisch.“

„Habe ich nicht bestritten, nur bin ich deswegen nicht unterwegs.“

Fuß für Fuß nimmt er die Sprossen nach unten. Ein graues sauberes Hemd kommt zum Vorschein, dann braun gebrannte Männerarme und zuletzt das Gesicht des Mannes. „Aber darum stehen Sie hier“, meint er dann schmunzelnd. Steckt den Schraubenzieher hinters Ohr und streift aus seinen hellbraunen Haaren die Tropfen. Die Leiter klappt er zusammen und lehnt sie an der Hausmauer an. „So, der Weg ist frei.“

„Danke.“ Der Schritt geht nach draußen und mein Blick zum Himmel.

„Regen soll auch Unglück bringen“, zieht er mich auf.

„Aber nur, wenn man einen Regenschirm in der Wohnung aufspannt. Ich habe nicht mal einen dabei, also bin ich verschont.“ Ich zwinkere ihm zu.

Er schüttelt lachend den Kopf und stellt seine Leiter wieder auf. „Dann ist ja gut.“

„Einen schönen Tag noch.“

„Ach ja, bevor ich es vergesse.“

Ich blicke zu ihm. „Ja?“

„Alles Gute zum Geburtstag.“

Erleichtert lasse ich Luft aus meinen Lungen. „Danke.“

Er nickt und klettert wieder seine Leiter hinauf. Ich sollte mich auch auf den Weg machen. Kurz drücke ich den Knopf meines Autoschlüssels und die Lichter blinken auf. Nach dem Öffnen der Tür setze ich mich ins Auto und schließe sie wieder. Ich zucke zusammen. Der Radfahrer, der auf der Beifahrerseite vorbeifuhr, nahm gerade meinen Seitenspiegel mit. „Das passt zu heute", seufze ich und steige wieder aus.

„Es tut mir leid", gibt der junge sportliche Mann von sich. „Ich war abgelenkt." Nur sein markantes Kinn ist zu erkennen, der Rest wird von einer Sportlersonnenbrille und einem Helm verdeckt.

„Kann passieren", sage ich resigniert.

„Sie glauben mir nicht." Er zieht seine dunkle Brille ab. Blaue Augen kommen zum Vorschein.

„Doch, aber dieser Tag, es war klar, dass heute auch noch ein Spiegel herunterfallen muss."

„Dann sag ich jetzt lieber nicht, dass ich dieser Katze ausgewichen bin."

Mein Blick geht nach hinten, auf einer Gartenmauer sitzt eine schwarze Katze und säubert sich. „Sehen Sie, es war doch vorprogrammiert!"

„Sollen wir das über die Versicherung laufen lassen?", fragt er.

„Oder Sie besorgen mir einen neuen Spiegel vom Schrotthändler für Autoteile", schlage ich vor.

„Komme ich vermutlich günstiger davon." Er grinste mich an. „Ich kann ihn dann auch reparieren."

„Ach wirklich?"

„Markus Kistler, Automechaniker", sagt er und reicht mir seine Hand.

„Alexandra Krause." Die Handfläche ist schwitzig. „Dann können Sie es wirklich selber reparieren?"

Aus seinem Rucksack holt er seinen schwarzen Ledergeldbeutel und dann eine Visitenkarte. „Ja. Ruf mich heute Nachmittag an", gibt er schmunzelnd von sich. Die Adresse ist nicht weit von hier.

Mein Blick fällt auf die Uhr. „Okay, also ich muss dann los. Da ich ja nun mit der Bahn fahren muss."

„Ich kann dich auch fahren, ich mein das ist das Mindeste."

„Nein, wirklich, es ist in Ordnung, sie hält ja da hinten", sage ich und zeig in die Richtung.

„Ich weiß." Er nimmt jetzt den Helm ab, blonde Locken kommen darunter hervor. Mit den Fingern geht er kurz hindurch.

„Ähm ja, Entschuldigung.“

„Ich habe aber gehört, dass es Unglück bringt.“

„Mit der Bahn zu fahren?“

„Nein, eine ernst gemeinte Entschuldigungsgeste abzulehnen.“

Ich schlucke. Das habe ich noch nie gehört, kann das wirklich stimmen? „Das kann nicht sein“, kommt leise über meine Lippen.

„Erwischt, aber ich habe ein schlechtes Gewissen. Und ich kann zwei Fliegen mit einer Klappe schlagen. Ich kann Sie fahren, das Auto mit in die Werkstatt nehmen und sofort reparieren.“

„Okay, das sind Argumente, da kann ich nichts gegen vorbringen.“ Zumindest ist dann dieses Pech schnell erledigt. Sein Fahrrad stellt er in unseren Hof ab. Der Hausmeister ist immer noch an der Lampe dran, er hat uns nicht mal bemerkt oder er hat nichts gesagt.

Ich fahre zu meiner Arbeitsstelle. Etwas reden wir, allgemeines Geplänkel eben. Auf dem Parkplatz des Tierheimes steigen wir dann beide aus. Das Hundegebell schallt laut zu uns.

„Hier arbeitest du?“

„Was dagegen?“

„Nein. Es verwundert mich nur, ich hätte dich eher für eine Sekretärin oder so gehalten.“

„Klar, in Jeans und Shirt.“

„Nicht alle stöckeln in Kostüm durch ein Büro. Meine Schwägerin, sie ist nur so unterwegs.“

„Da hat sie Glück, aber ich muss jetzt hinein.“

„Okay, dann melde dich, wenn du aus hast.“

„Ich ...“

„Keine Widerrede!“

„Ich habe das Gefühl, nur verlieren zu können.“

Er lacht und steigt ein. In dem Moment kommt ein zweites Auto und parkt. Ein Kollege steigt aus. Der Mann mit den schwarzen Haaren und den blauen Augen blickt zu meinem Wagen, der gerade die Einfahrt verlässt und auf die Hauptstraße abbiegt. „Wer war das?“

„Ein neuer Bekannter, er hat mein Spiegel zerbrochen.“

Der Kollege zieht scharf Luft ein. „Und da bist du so ruhig?“

„Er ist Automechaniker.“

Er runzelt die Stirn. Ich weiß ja, dass dies keine Erklärung ist, aber was soll ich denn machen, außer es hinnehmen.

Nach der Arbeit holt Markus mich ab. Mein Auto sieht besser aus als vorher. Als er sein Fahrrad holt, kommen meine Freundinnen um die Ecke. „Komm doch mit, Alex hat Geburtstag", wird er eingeladen. Ich stehe einfach da und kann sie nur dumm anstarren.

„Wenn du nichts dagegen hast, gerne." Ich seufze und nicke leicht. Was soll ich auch dazu sagen? „Ich gehe mich umziehen", meint er und verschwindet mit seinem Fahrrad.

„Mann, hast du ein Schwein, Alex", kommt von meiner besten Freundin.

„Was willst du damit sagen?", frage ich sie, worauf sie einfach nur lacht und in seine Richtung nickt. Ich verstehe es immer noch nicht, warum ich wegen ihm Glück haben sollte.

Luna Day wurde 1982 in Wertingen geboren und wuchs in Augsburg auf, wo sie immer noch mit ihrem Mann und ihren zwei Kindern lebt. Ihre Liebe zum Schreiben entdeckte sie durch Harry Potter und Roll-Play-Games. Sie tippt Kindergeschichten, aber auch Fantasy- und Liebesgeschichten. Fleißig arbeitet sie daran, ihren ersten Fantasyroman zu veröffentlichen.

Spaghetti mit Sauce

Treffen mit Tim bei Florian
ab mittags ohne Eltern dabei
wir kochen selbst Spaghetti mit Sauce
es wird eine Riesen-Sauerei
Nudeln flutschen nicht nur durch den Mund
sie kleben am Tisch und auch an den Stühlen
hier ist es lustig und wild geht's rund
der Vorhang voll Ketchup im Topf frohes Wühlen
rot gesprenkelt die Wand bis auf die Erde
der Boden ist dick mit Sauce bespritzt
wir drei spielen Cowboys und fangen Pferde
Wettrutschen auf Lappen, bis der erste sitzt
wir trösten den Held mit Wasser aus der Vase
er trinkt es weinend und laut gurgelnd aus
ich will ihm helfen, fall fast auf die Nase
beschließe, ich gehe jetzt lieber nach Haus
Florian hat sich vielleicht was gebrochen
bekommt den perfekten Trockentuch-Verband
die Eltern zurück haben Gefahr gerochen
ich aber hab Schwein drück zum Abschied die Hand

Regina Berger, *geboren 1961, Diplom-Sozialpädagogin, Textbeiträge in mehr als 60 Anthologien, erste Buchveröffentlichung „Elvis auf der Himmelsleiter" beim Herzsprung-Verlag. Gewinnerin 2. Platz beim Kurzgeschichtenwettbewerb des Kinder-und Jugendmuseums in Leipzig mit „Wunder-Klaus". 2020 Prosa und Lyrik aktuell in folgenden Anthologien: Wie aus dem Ei gepellt, Gedankenreisen, Wenn ich nochmal von vorn anfangen könnte, Zwillingsgeschichten, Jedem Anfang.*

Unverhofftes Glück

Als ich schon eine längere Zeit im Restaurant saß, kam auf einmal ein Mann ins Lokal und mir blieb wirklich fast die Luft weg. Eigentlich hatte ich nie an *Liebe auf den ersten Blick* geglaubt, aber beim Anblick dieses Mannes schlug mein Herz sofort einige Takte schneller.

Plötzlich drehte er sich kurz zu mir um und bemerkte mich allein am Tisch. Auch er war ohne Begleitung im Restaurant und kam letztendlich, nachdem er keinen Platz gefunden hatte, an meinen Tisch und fragte, ob er sich dazusetzen könne.

„Natürlich", sagte ich und lächelte ihn vorsichtig an. Als er sich bedankte, lächelte er schließlich zurück und ich genoss diesen Anblick.

Es war nicht nur sein Lächeln, das mir so sehr an ihm gefiel. Er hatte einfach wunderschöne Augen und eine schöne Haarfarbe. Hinzu kam, dass er an diesem Abend ein weißes Hemd trug, etwas, dass ihn noch attraktiver erscheinen ließ. Schließlich gab es meiner Meinung nach kein schöneres Kleidungsstück für Männer.

„Wie heißt du?", fragte er nun.

„Lilian Sorina. Wie ist dein Name?"

„Ich heiße Fabian!"

„Du bist richtig hübsch. Du hast richtig schöne Augen", sagte ich ihm schließlich und genoss daraufhin wieder seine hübschen Augen und das schöne Lächeln.

„Danke. Du bist aber auch sehr attraktiv!"

„Danke, süß von dir", lächelte ich zurück und mein Herz pochte noch verrückter als vorhin.

„Ich lade dich noch auf einen Drink ein. Was möchtest du?"

„Danke, ich nehme einen Solero-Cocktail."

Als uns die nette Kellnerin unsere Getränke auf den Tisch stellte und wir gleichzeitig nach unseren Gläsern griffen, berührten sich kurz unsere Hände und ich merkte daraufhin ein Kribbeln im Bauch, hoffte, dass die anderen Gäste das nicht zu sehr merkten. Was würden die denken?

„Fabian, warum bist du ohne Begleitung hier?", wollte ich nun wissen.

„Meine Frau hat mich vor ein paar Tagen verlassen. Wieso bist du alleine hier?"

„Meine Freundin ist zurzeit im Urlaub und ich wollte einfach mal ausgehen."

„Hast du keinen Mann, der dich begleitet?"

„Nein, schon ein paar Jahre habe ich keine Beziehung mehr. Er hat mich unter Druck gesetzt und wollte nur mein Geld haben", erzählte ich und sah Fabians betroffenes Gesicht.

„So ein Mann hat dich auch nicht verdient. Das tut mir leid!"

„Ist schon gut. Es ist schon ein paar Jahre her."

„Trotzdem. So etwas vergisst man nicht so leicht", war Fabians Reaktion. „Sollen wir gleich noch etwas im Park spazieren gehen?", schlug er vor.

„Ja, gerne!"

Als wir durch den Eingang gingen, nahm Fabian ganz langsam meine Hand in seine.

Nach einer Runde um den großen Ententeich setzten wir uns auf eine Holzbank, die direkt am Teich war. Fabian nahm mich in den Arm und ich genoss seine Nähe, was er schließlich auch merkte.

„Lili, ich möchte dich gerne küssen, wenn du möchtest!"

„Natürlich möchte ich." Süß, dass er mich Lili nannte, obwohl wir uns heute erst kennengelernt hatten. Unsere Lippen berührten sich sanft und ich konnte sein Aftershave riechen.

„Du hast schöne weiche Lippen und du riechst gut." Ich sah ihm in seine hübschen Augen. Wir saßen noch einige Minuten nur so da, bevor ich Fabian meine Adresse nannte und er mich nach Hause brachte.

Sofort tauschten wir unsere Telefonnummern aus und verabredeten uns gleich für das kommende Wochenende.

Zum Abschied küssten wir uns noch einmal und wünschten uns eine gute Nacht.

Auf den Tag genau drei Jahre nach unserem unverhofften Kennenlernen heirateten wir auf Sylt. Heute sind wir noch genauso glücklich und mittlerweile stolz auf unsere drei Kinder.

***Lisa Marie „LiMa" Kormann** ist Autorin, Tänzerin und gelernte Theater- und Tanzpädagogin. Schon seit ihrer Kindheit schreibt sie gerne Krimis, Theaterstücke, Thriller und Kindergeschichten. Einige Gedichte und Kurzgeschichten wurden in Anthologien veröffentlicht. Mehr Infos unter lisamarie.de.rs.*

Eberhardt

Vera fuhr aus dem Schlaf, als sich eine Hand auf ihren Mund presste. Ihr wild schlagendes Herz beruhigte sich nur unwesentlich, nachdem sie die Stimme ihrer Schwester erkannte.

„Pst, sei still. Es ist jemand im Haus. Unten in der Küche."

Vera streifte Annas Hand ab. „Willst du, dass ich einen Herzinfarkt kriege?", zischte sie zurück.

„Das wäre immerhin ein friedlicher und angemessener Tod für Leute in unserem Alter. Ziehst du es etwa vor, von einem Einbrecher in deinem Bett erschlagen zu werden? Nur weil du keine Lust hast, aus dem Schlaf geschreckt zu werden?"

„Sei nicht albern." Vera fuhr in Pantoffel und Morgenrock. „Hast du den Notruf schon gewählt?"

„Nein, ich wollte erst einmal verhindern, dass der Typ von deinem durchdringenden Geschnarche sofort nach oben gelockt wird."

Sie schnaufte empört. „Unsinn, ich schnarche nicht. Jetzt mach dich nützlich und ruf endlich an."

Während ihre Schwester mit der Polizei telefonierte, machte sich Vera auf die Suche nach einer Waffe zur Verteidigung, doch außer ihrem kräftigen Gehstock hatte das Zimmer nichts zu bieten. Vorsichtig öffnete sie die Zimmertür und lauschte nach unten, wo ein leises Klirren und Klappern darauf schließen ließ, dass der Eindringling immer noch in der Küche beschäftigt war.

„Was denkt der denn, was er da finden wird? Ein Bündel Tausend-Euro-Scheine in der Zuckerdose?"

„Die sind gleich da", wisperte Anna hinter ihr. „Wir sollen oben bleiben und uns einschließen."

Dieses Mal fiel das Schnaufen lauter aus. Zu laut, wie die plötzliche Stille verriet. Die beiden Schwestern hörten Schritte. Ihr nächtlicher Besucher kam aus der Küche und durchquerte den Flur zielstrebig in Richtung Treppe.

„Komm jetzt!" Anna zerrte an Veras Arm. „Zurück ins Zimmer."

Unwillig gab sie nach. Es ging ihr völlig gegen den Strich, dass sie sich vor diesem Fremden verkriechen sollte, statt ihm ordentlich die Leviten zu lesen. Aber da Anna schon immer die Vernünftigere von ihnen beiden gewesen war, hatte sie vermutlich recht. Sie drehten um und strebten auf die Zimmertür zu, als sie ein furchterregendes Geräusch stoppen ließ. Es war ein Ton, der dafür sorgte, dass sich einem die Haare sträubten, vor allem wenn man nachts und völlig unvorbereitet mit ihm konfrontiert wurde. Die Schwestern tauschten einen erschrockenen Blick und flüsterten gleichzeitig: „Eberhardt!"

Für einen kurzen Moment herrschte Totenstille im Haus, dann erklang das Geräusch ein weiteres Mal, aber lauter, wütender und damit um ein Vielfaches bedrohlicher. Sie hörten ein Trappeln, Dinge fielen um, Porzellan zerbrach, schließlich ertönte ein lauter Schrei. „Ah! Geh weg! Lass mich in Ruhe. Verschwinde!"

Die Haustür knallte zu. Es herrschte wieder Stille, nur ab und an unterbrochen von einem leisen Schnauben.

„Der ist weg, über alle Berge", konstatierte Vera, als sie sich von dem Schrecken erholt hatte. „Wir brauchen jetzt erst einmal einen kräftigen Tee. Hol ein paar Tassen von unserem guten Geschirr aus dem Wohnzimmer, ich setze das Wasser auf. Die Leutchen von der Polizei können bestimmt auch einen vertragen."

Der Streifenwagen war fix zur Stelle und auch die zwei Kollegen der Spurensicherung machten sich umgehend ans Werk. Nach einer Weile trat der leitende Beamte zu den Schwestern, die vor dem Haus warteten, und schaute sie eindringlich an. „Wir wissen jetzt, wer bei Ihnen auf Raubzug war. Er hat den Tatort so fluchtartig verlassen, dass er selbst den Rucksack mit all seinen Papieren und Schlüsseln zurückgelassen hat." Wieder warf er den beiden einen prüfenden Blick zu. „Und Sie bleiben dabei, dass Sie den Eindringling nicht gesehen haben? So wie sich die Lage hier präsentiert, wirkt es so, als wäre er von jemandem bedroht worden. Vielleicht sogar mit einer Waffe?"

Vera schnaubte, doch Anna kicherte. „Er hält uns für zwei alte Flintenweiber, ist das nicht süß?"

„Keine Ahnung, was an solch unverschämten Verdächtigungen süß sein sollte. Hören Sie, junger Mann, wenn es keine dringlicheren Angelegenheiten für Sie zu erledigen gibt, können Sie sich hier gern umschauen. Wir sind eingefleischte Pazifisten und haben noch nie eine Waffe in unserem Haus geduldet. Ich persönlich fände es allerdings sinnvoller, nach dem entkommenen Einbrecher zu suchen.“

Der Polizist blieb skeptisch. „Sie wohnen ziemlich abgelegen.“ Er deutete mit dem Daumen über seine Schulter zum Haus. „Der große Korb im Wohnzimmer. Ich nehme an, der gehörte mal Ihrem Hund?“

Anna nickte. „Wir hatten sogar drei, aber der gute Charlie ist im Sommer als letzter gestorben. Wir sind zu alt, um die Verantwortung für einen neuen Hund zu übernehmen. Es wird auch so gehen müssen.“

Ihr Gesprächspartner runzelte die Stirn. „Er sieht aber durchaus benutzt aus.“

Wieder nickte Anna. „Ja, jetzt schläft Eberhardt darin. Wir wollen nicht, dass er sich einsam fühlt, auch wenn ...“

Ein eindringliches Schnarren unterbrach sie. Der Polizist zückte sein Handy, um den Anruf entgegenzunehmen. Nach dem Gespräch schenkte er ihnen ein entspanntes Lächeln. „Meine Damen, der nächtliche Störenfried wurde aufgegriffen. Damit wäre ein gefährlicher Mensch mehr aus dem Verkehr gezogen. Eine Begegnung mit ihm hätte übel für Sie ausgehen können. Da haben Sie wirklich Schwein gehabt, wenn Sie mir diese saloppe Ausdrucksweise gestatten.“

„Sie glauben ja gar nicht, wie recht Sie mit dieser Bemerkung haben“, antwortete Vera hoheitsvoll, während ihre Schwester vergnügt kicherte. Und als hätte er nur auf das passende Stichwort gewartet, bog der aktuelle Nutzer des Hundekorbs um die Hausecke. Zufrieden kaute er auf den Resten seines wohlverdienten nächtlichen Snacks herum und ließ das Schwänzchen energisch von einer Seite auf die andere schwingen. Mit einem leisen, geradezu sanft klingenden Grunzen schlenderte der imposante Eber auf die Dreiergruppe zu. Er schnoberte an den Hosenbeinen des Besuchers, kaute probeweise an dem Stoff, der ihm aber nicht zu munden schien.

„Gestatten, das ist unser Eberhardt. Die Tochter der Nachbarn hat ihn als kleines Ferkel geschenkt bekommen. Sollte ein Minischwein sein, aber er hörte einfach nicht auf zu wachsen. Als Mia zum Studieren weggezogen ist, wollten ihre Eltern den Kleinen zum Schlachter bringen, obwohl er so anhänglich und brav ist wie ein Hund. Das konnten wir natürlich nicht zulassen“, erklärte Vera dem erstarrten Beamten.

„Genau“, pflichtete Anna ihrer Schwester umgehend bei. „Jetzt ist Eberhardt in Rente und lässt es sich bei uns gut gehen. Wie er heute eindrucksvoll bewiesen hat, macht er auch eine prächtige Figur als Wachschwein. So etwas hat nicht jeder.“

Anathea Westen (Pseudonym), geboren 1965, lebt mit ihren Hunden im idyllischen Kreis Lippe, im Nordosten von Nordrhein-Westfalen. Hauptberuflich arbeitet sie im Export und liebt den Austausch mit den internationalen Kontakten. Geschichten von ihr wurden bereits in mehreren Anthologien veröffentlicht.

Barfuß durch den Regen

Barfuß durch den Regen laufen
Sich am Strand 'ne Waffel kaufen
Einen hohen Berg erklimmen
Durch das tiefe Meer zu schwimmen

Viele Wege zu beschreiten
Sich nicht mehr so lange streiten
Weihnachten von Herzen schenken
Und an Blumenwiesen denken

In den Tag hineinzuträumen
Pausen machen unter Bäumen
Ellenlange Brief schreiben
Lange abends aufzubleiben

Sonnenuntergänge sehen
Mit dir heut ins Kino gehen
Schneeflöckchen auf deiner Nase
Blumenpracht in einer Vase

Glück sieht für jeden anders aus
Halt es fest, mach's Beste draus!

Dörte Müller, *geboren 1967 und aufgewachsen im Harz, schreibt seit 2011 Kurzgeschichten und kürzere Romane. 2014 veröffentlichte sie ihren Debütroman, den sie zwanzig Jahre in ihrer Schublade liegen hatte. Zurzeit lebt sie mit ihrer Familie in den Niederlanden und unterrichtet Englisch, Deutsch und Kunst. In ihrer Freizeit schreibt und illustriert sie Kinderbücher.*

Turmfalke Fridolin hat keine Angst vorm Fliegen

Eine Mutmach-Geschichte für Kinder

Große Aufregung herrscht im Nest der Turmfalkenfamilie unter dem Dach der alten Kirche: Die erste Flugstunde der Geschwister Frieda, Freya, Ferdinand und Fridolin steht bevor.

Mama erteilt letzte Anweisungen: „Haltet eure Augen offen und achtet stets darauf, wo ihr hinfliegt, damit ihr euch nicht verletzt. Papa und ich warten unten auf dem Feld auf euch." Dann breitet sie ihre Flügel aus und fliegt davon. Frieda, Freya und Ferdinand trippeln aufgebracht umher, voller Vorfreude auf das, was sie gleich erleben dürfen. Nur Fridolin steht ruhig in der Ecke.

„Wer macht den Anfang?", fragt Ferdinand erwartungsvoll in die Runde.

„Ich fliege als Erste", antwortet Frieda ohne Zögern. Ehe sich die Geschwister versehen, steht sie am Eingang des Nestes und stößt sich mit ihren Füßen in die Freiheit ab. Ferdinand tut es seiner Schwester gleich und *schwupps* – ist auch er in der Luft verschwunden.

Nun ist Fridolin an der Reihe. Langsam und mit gesenktem Kopf krabbelt er auf die Abflugstelle zu. Dann dreht er sich zu Freya um. „Flieg du zuerst, ich brauche noch ein bisschen Zeit", bittet er seine Schwester.

„Wofür?", fragt diese, da sie das Zaudern ihres Bruders nicht versteht.

Einige Sekunden verstreichen, ehe er aufgebracht erklärt: „Schau doch mal, wie hoch der Turm ist! Die Welt da unten ist von hier aus winzig klein. Was passiert, wenn ich einem Baum nicht ausweichen kann oder meine Flügel mich nicht tragen und ich abstürze?"

Da begreift Freya das zögerliche Verhalten ihres Bruders: Fridolin hat Angst vor der ersten Flugstunde! Sie denkt einen Augenblick lang nach, ehe sie antwortet: „Warum sollten deine Augen oder deine Flügel dich im Stich lassen? Überleg doch mal, was du in deinem Leben bisher schon geleistet hast: Du hast dich eigenständig und ohne Hilfe deiner Eltern aus dem Ei frei gepickt. Du hast bei Mama und Papa so erfolgreich um Nahrung gekämpft, dass du sogar größer als dein Bruder Ferdinand gewachsen bist. Seit einigen Tagen sind deine Füße kräftig genug, dass du hier im Nest auf- und abhüpfen kannst!“

Seine Schwester hat natürlich recht, er hatte in seinen ersten Lebenswochen schon manche Hürde erfolgreich genommen. Vorsichtig wagt er erneut einen Blick nach draußen. Noch immer hat er den Eindruck, dass zwischen seinem behüteten Zuhause hoch oben im Kirchturm und dem Feld, wo seine Eltern nun auf ihn warten, eine unüberwindbare Entfernung liegt. Fridolin fühlt sich unwohl bei dem Gedanken, sein geschütztes Nest für all das Fremde da draußen zu verlassen.

„Ich überlasse dir den Vortritt, fliege du zuerst“, bietet er seiner Schwester erneut an.

„Auf gar keinen Fall! Ich warte hier so lange, bis du sicher unten angekommen bist“, erwidert diese. „Möchtest du ganz allein hier oben bleiben, ohne deine Familie, und dich langweilen? Oder möchtest du lieber auf Jagd gehen und die Welt entdecken?“

Da bemerkt Fridolin ein Grummeln in seinem Magen. Er hatte schon länger nichts mehr gegessen. Daher war Freyas Idee, sich etwas zu essen zu besorgen, eigentlich nicht schlecht. „Ich möchte auf Jagd gehen“, antwortet er daher.

„Na, dann bringe dich in Startposition!“, fordert Freya ihren zögerlichen Bruder auf. Und wieder trippelt Fridolin auf die Abflugstelle zu, dieses Mal mit erhobenem Kopf. Bei dem Gedanken an ein leckeres Mittagessen, das ihn unten auf dem Feld erwarten würde, läuft ihm das Wasser im Schnabel zusammen.

„Auf die Plätze – fertig – los!“, gibt Freya das Startsignal.

Aber Fridolin bleibt wie versteinert stehen. Seine Flügel scheinen ihm den Dienst zu versagen. Doch nanu, wer ist das? Vor ihm zieht plötzlich ein anderer junger Turmfalke seine Kreise, mit weit ausgespannten Flügeln, und genießt offensichtlich den Flugwind. Als er direkt an Fridolin vorbeifliegt, wird ihm klar: Es ist seine

Schwester Frieda! In diesem Moment schließt Fridolin die Augen, atmet tief ein, spannt seine Flügel – und stößt sich in die Lüfte ab.

Für einen kurzen Augenblick vermisst er den Boden unter seinen Füßen. Doch dann spürt er eine wohlige Wärme auf seinem Kopf und den Wind, der seine Flügel zu streicheln scheint. Fridolin öffnet seine Augen wieder und stellt fast ein wenig traurig fest, dass er schon in Kürze das Feld erreichen wird. Und ehe er sich versieht, kommt ihm schon der braune Erdboden entgegen. Jetzt schnell die Füße ausstrecken … und rums – Fridolin landet, wenn auch etwas wackelig, auf dem Acker.

Schon eilt Papa auf ihn zu. „Das war ja fast eine Bruchlandung", lacht er.

„Hauptsache, ich bin angekommen!", erwidert Fridolin erleichtert darüber, dass seine erste Flugstunde ein gutes Ende genommen hat. „Und jetzt habe ich Hunger!"

„Dann auf zu Mama, sie wartet mit einem leckeren Mittagessen unter dem Baum dort drüben", schlägt Papa Turmfalke vor. Gemeinsam trippeln sie zu dem Baum. Dort werden sie von Mama und den übrigen Geschwistern schon erwartet. Familie Turmfalke lässt sich die leckere Mahlzeit schmecken.

„Sag mal, Fridolin, warum hast du eigentlich so lange gebraucht, bis du losgeflogen bist?", will Mama plötzlich wissen.

„Manche Dinge brauchen einfach ihre Zeit!", antwortet Schwester Freya, ehe Fridolin seinen Bissen verschluckt hat und zum Sprechen bereit ist.

„Genau", versichert Fridolin, als sein Mund leer ist, „und wer hat jetzt alles Lust auf einen kleinen Verdauungsrundflug?"

***Bettina Schmelz** schreibt seit ihrer Kindheit hobbymäßig. Seit ihrem siebten Lebensjahr veröffentlichte sie Beiträge u. a. auf der Kinderseite einer regionalen Tageszeitung, im Erwachsenenalter in einigen Anthologien. Eine der letzten Veröffentlichungen ist ihr Gedicht „Marzipanwelt" im „Herzbuch Glücksmomente".*

Unverschämt schön

Es gibt sie, diese besonders schönen Tage.
Die Sonne scheint und es ist einfach nur schön.
Ein Tag, an dem mir nichts, aber auch rein gar nichts
die gute Laune verderben kann.
Zugegeben, so schön wie heute ist es eher selten.

Aber warum nur ist es heute so unverschämt schön?
Scheint die Sonne wärmer als gestern?
Das Thermometer sagt Nein.
Na dann vielleicht heller?

Oder liegt es daran, dass die Vögel heute
überwältigend schön singen?
Aber wo waren die Vögel dann gestern?
Haben sie da ihren Schnabel gehalten?

Warum nur ist es heute so schön?
Liegt es vielleicht an mir?
Ja, ja ich weiß schon:
Ich bin dieselbe, die ich auch gestern schon war.

Aber vielleicht liegt es ja daran, dass ich dem Tag
heute die Chance gegeben habe, so schön zu werden.

Denn nur, wenn ich auf die Sonne achte,
kann ich spüren, wie warm und hell sie scheint.

Nur, wenn ich wirklich innehalte,
höre ich, wie schön die Vögel singen.

Und nur, wenn ich mich auch über diese
so scheinbar kleinen Dinge freuen kann,
kann mein Tag so unverschämt schön werden.

Maren Grenner *wurde 1975 geboren. Sie ist verheiratet und Mutter von zwei fast erwachsenen Söhnen. Mit ihrer Familie lebt sie in
Extertal, im Kreis Lippe. In ihrer Freizeit liest, schreibt und malt sie
gerne.*

Die Autor*innen

Claudia Lüer

Margret Küllmar

Bettina Schneider

Udo Brückmann

Juliane Barth

Eva Prinz

Natascha Handy

Finn Lorenzen

Ingeborg Henrichs

Anne-Kathrin Dierkes

Jürgen Heider

Kristina Plenter

Katja Lippert

Spunk Seipel

Wolfgang Rödig

Herbert Glaser

Andrea Nesseldreher

Alexandra Dietz

Karina Maria Baumann

Ann-Katrin Zellner

Dörte Schmidt

Beatrice Dosch

Kay Ganahl

Luna Day

Regina Berger

Lisa Marie „LiMa" Kormann

Anathea Westen

Dörte Müller

Bettina Schmelz

Maren Grenner

Buchtipp

Wo die wilden Geister wohnen Band 2
ISBN: 978-3-86196-949-5

Martina Meier (Hrsg.), Taschenbuch, 200 Seiten

Der Mühlbach rauschte. Ansonsten herrschte Totenstille. Die nächtliche Dunkelheit war bis in die kleinsten Ecken gekrochen und verschmolz die Konturen der alten Wassermühle zu einer plumpen, dunklen Masse, die an ein lauerndes Tier erinnerte. Unruhig wälzte sich Hannes in seinem Bett herum. Die verschnörkelten Zeiger der alten Wanduhr krochen unaufhaltsam auf Mitternacht zu. Trotzdem konnte Hannes nicht einschlafen. Sein kleines Dachzimmer lag in Dunkelheit gehüllt, und nur der Mond warf einen Streifen silbrigen Lichts auf die knarrenden Holzdielen ...   (Claudia Aristov)

Schaurig-schöne Erzählungen, Märchen und Gedichte für alle, die das Gänsehautfeeling lieben ...

Schreibt mit an der größten Weihnachtsgeschichtensammlung aller Zeiten:

Seit zwölf Jahren sammeln wir mit unseren Wunder-Weihnachtsland-Büchern Geschichten, Märchen, Erzählungen, Haikus, Gedichte ... rund um die schönsten Tage des Jahres – die Advents- und Weihnachtszeit. Hunderte von Texten haben uns in den Jahren erreicht – lustige und besinnliche, heitere und nachdenkliche.

Wenn wir alle Geschichten zusammenfassen, haben wir sicherlich eine der größten Weihnachtsgeschichtensammlungen aller Zeiten für kleine und große Leser zusammengetragen. Und wir schreiben weiter am Wunder-Weihnachtsland – 365 Tage im Jahr.

Einmal im Jahr – immer Anfang November – geben wir ein neues, gedrucktes Buch „Wünsch dich ins Wunder-Weihnachtsland" heraus. Und für alle Kinder und Jugendlichen, die sich an dem Projekt beteiligen, gibt es speziell die Buchausgabe „Wünsch dich ins kleine Wunder-Weihnachtsland", die ebenfalls Anfang November erscheint.
Beide Bücher gibt es mit der Veröffentlichung auch als E-Book und die einzelnen Geschichten veröffentlichen wir in unserer digitalen Wunder-Weihnachtsland-Weihnachtsgeschichtensammlung. Pro Autor veröffentlichen wir in den Büchern maximal 2 Texte – in der digitalen Variante alle eingereichten Advents- und Weihnachtsgeschichten.

Weitere Infos unter:

www.wuensch-dich-ins-wunder-weihnachtsland.de

Buchtipp

Martina Meier
Wie man ein verdammt gutes Buch veröffentlicht!
Ihr Weg in ein erfolgreiches AutorInnenleben
Mit zahlreichen praktischen Tipps und Anregungen
ISBN: 978-3-86196-291-5, 100 Seiten

Ein eigenes Buch in Händen zu halten, ist für viele Menschen auch im 21. Jahrhundert noch ein großer Traum. Dafür ist man nie zu jung ... und nie zu alt. Zudem waren die Möglichkeiten für eine Veröffentlichung noch nie so gut wie heute. Doch nicht immer halten Verlage das, was sie versprechen, kann Self-Publishing oft genug zum absoluten Reinfall werden.

Wir verraten Ihnen, wie Sie trotz aller Schwierigkeiten eine erfolgreiche Autorin, ein erfolgreicher Autor werden können ...